小木屋的故事

[美] 劳拉·英格斯·怀德 著
文轩 译

快乐的金色年代

中国书籍出版社
China Book Press

图书在版编目（CIP）数据

快乐的金色年代/（美）怀德著；文轩译. — 北京：中国书籍出版社，2015.2
ISBN 978-7-5068-4627-1

Ⅰ.①快… Ⅱ.①怀…②文… Ⅲ.①儿童文学—长篇小说—美国—现代 Ⅳ.① I712.84

中国版本图书馆 CIP 数据核字（2014）第 300620 号

快乐的金色年代

[美] 劳拉·英格斯·怀德 著 文轩 译

图书策划	武 斌 崔付建
责任编辑	张 娟 成晓春
责任印制	孙马飞 马 芝
出版发行	中国书籍出版社
地 址	北京市丰台区三路居路 97 号（邮编：100073）
电 话	（010）52257143（总编室）（010）52257140（发行部）
电子邮箱	chinabp@vip.sina.com
经 销	全国新华书店
印 刷	北京富达印务有限公司
开 本	650 毫米 ×940 毫米 1/16
字 数	210 千字
印 张	20
版 次	2015 年 2 月第 1 版　2015 年 2 月第 1 次印刷
书 号	ISBN 978-7-5068-4627-1
定 价	36.00 元

版权所有　翻印必究

出版前言

在美国白宫的网站上，列有美国儿童文学作家的白宫梦之队，成员仅有三位：一位是写《夏洛的网》的 E.B. 怀特，一位是写《戴高帽的猫》的苏斯博士，还有一位就是"小木屋的故事"系列小说的作者劳拉·英格斯·怀德。

劳拉·英格斯·怀德出生于 1867 年 2 月 7 日，是四个孩子中的老二。根据劳拉的描述，她的父亲是个聪明、乐观却有些鲁莽的人，而她的母亲节俭、温和且有教养。劳拉的姐姐玛丽 14 岁时因感染猩红热而失明，弟弟九个月大的时候就夭折了。姐弟的不幸和常年艰辛动荡的拓荒生活，让劳拉从一个无忧无虑的小女孩迅速成长为一个坚强、勇敢、自立的少女。1882 年，她在 15 岁时就取得了教师资格证。为了能让姐姐玛丽读昂贵的盲人学校，她独自去离家十几公里的乡村小学做教师赚钱养家。

小木屋的故事
Little House Books

在那段时间里,她收获了爱情,大她十岁的农庄男孩阿曼乐对劳拉展开了追求。3年后,18岁的劳拉和阿曼乐结为夫妻,后来生下了女儿罗斯。罗斯长大后成为了一名相当出色的新闻作家,而正是在罗斯的鼓励下,老年劳拉开始了对过去拓荒生活的回忆,创作出了"小木屋的故事"系列小说。这套作品可以说就是劳拉大半生的自传,书中的主角劳拉就是真实劳拉的化身。

"小木屋的故事"讲述了19世纪后半期,女孩劳拉和她的家庭在美国西部边疆地区拓荒的故事,被誉为一部美国人自强不息的"拓荒百科"。1862年南北战争期间,美国国会颁布了《宅地法案》,规定了拓荒者可以申请获得公有土地,从而揭开了波澜壮阔的美国西部大开拓时代。南北战争结束后,美国各地掀起了到西部拓荒的热潮。在这样的历史背景下,住在美国中部威斯康星州的劳拉一家开始了进军西部、追求美好生活的拓荒历程。劳拉从2岁开始便跟随家庭四处迁徙,在13岁以前,她就已到过威斯康星州的大森林、堪萨斯州的大草原、明尼苏达州的梅溪边,以及南达科他州的大荒原。劳拉一家住过森林里的小木屋,睡过草原上的地洞,也在静谧的农庄和繁忙的小镇生活过。

"小木屋的故事"一共9本,其中序曲《大森林里的小木屋》出版于1932年——劳拉65岁之时,主要讲述了她童年时代生活在威斯康星州大森林里的故事。这本书一经出版便获得了出人意料的成功，受到了不同年龄读者的极大欢迎，这也让劳拉意识到自己"拥有一个奇妙的童年"。此后十年，她笔耕不辍，相继出版了《农庄男孩》(1933年)，《草原上的小木屋》(1935年)，《在梅溪边》(1937)，《在银湖边》(1939)，《漫长的冬季》(1940)，《草原小镇》(1941)，《快乐的金色年代》(1943)等7部作品，故事一直讲到劳拉恋爱并嫁给阿曼乐。1957年，劳拉在密苏里州的农场去世，享年90岁。她的遗作，反映其新婚生活的手稿——《新婚四年》于1971年由女儿罗斯整理出版，为"小木屋的故事"画上了完美的句号。

劳拉曾在文章中写道："我见识了森林和草原的印第安乡村、边疆小镇、未开发的西部广袤土地，也亲历了人们申领土地拓荒定居的场景。我想我目睹了这一切，并在这一切中生活……我想让现在的孩子们对他们所看到的事物的历史源头及其背后的东西有更多更深的了解，正是这些使美国变成了今天他们所知道的样子。""小木屋的故事"在历史层面上，已然超越了儿童文学的范围，吸引了无数读者争相传阅。在劳拉87岁时，"小木屋的故事"系列小说开始被译成多种语言，在世界各地发行，每一本都受到了读者的极大欢迎。没有高学历、没有受过严格写作训练、没有华丽文笔的劳拉恐怕没有料到，"小木屋的故事"系列小说从此会成为世界儿童文学经典名著，成为美国文学史

小木屋的故事
Little House Books

上的一块里程碑。迄今为止，它已被改编成各种形式的故事，拍成系列电视剧和多部电影。而作者生活过并在小说中出现的地方——威斯康星州大森林中和堪萨斯州大草原上的小木屋、南达科他州银湖岸边的农庄和德斯密特镇的旧居，都成为了著名的景点，每年迎来成千上万的访客。

从拓荒女孩到驰名世界的儿童文学作家，劳拉一生的故事曲折生动。她以细腻的文笔和丰富的情感，把家庭的西部拓荒史、同父母姐妹间的亲情、与阿曼乐之间纯洁美好的爱情，以及个人的少女成长经历，描述得栩栩动人、妙趣横生。"小木屋的故事"系列小说如同一幅幅工笔细描的图画：拓荒者们与大自然搏斗，但又与大自然和谐相处；作品中的日月星辰、风雨冰雪、飞禽走兽、树木花草，无不变幻多姿、充满诗意，即使是破坏力巨大的自然灾变，也别具魅力；拓荒者之间的人际关系是那么单纯、和谐，家庭成员、亲族和朋友间的情感，包括劳拉与阿曼乐的爱情，都是那么真诚、美好，他们甚至对狗、猫、马、牛等家畜也充满了眷顾与柔情。全书涉及自然、探险、动物、亲情、爱情、成长等诸多受青少年喜爱的或惊险刺激、或温馨感人的元素，即便今天读来也倍感亲切，让人身临其境。

这是一套非常适合家庭阅读和亲子阅读的书籍。通过品读劳拉的成长故事和家庭的拓荒历程，我们可以认识自己与亲人、大自然的亲密关系，可以在生活节奏加快、人际关系疏离、远离大自然的现代社会中，找回温馨的亲情、宝贵的勇气、真实的爱情和朴素的感动。

放眼今天，生活在电子时代的我们很难说就一定比拓荒时的劳拉一家更加幸福。祖辈们用勤劳和勇敢开拓出美好的家园，传递给子孙后代。而当我们享受他们的馈赠时，却忘记了他们是如何久经生活的考验：耕种、打猎、缝衣、筑屋、凿井……劳拉曾说，她创作"小木屋的故事"，是为了"把自己的童年故事讲给现在的孩子听，让他们懂得勇敢、自强、自立、真诚、助人为乐……这些品质不管是在过去还是在现在，都可以帮助我们克服各种艰难困苦"。劳拉的愿望已经成为一代代读者所追求的目标，劳拉的故事已经成为人们成长路上难得的指引与鼓励，温暖了无数大人和孩子的心灵，激励着我们不畏艰辛、勇敢开拓、创造未来。

目 录
CONTENTS

- 001　离　别
- 013　第一堂课
- 023　第一个礼拜
- 034　雪橇上的铃声
- 051　咬牙坚持
- 059　管理的学问
- 068　黑暗中的刀
- 077　冒着严寒前进
- 087　督学的到来
- 091　阿曼乐离开
- 099　开心的一天
- 105　家里最好
- 113　春天来了
- 127　守住放领地

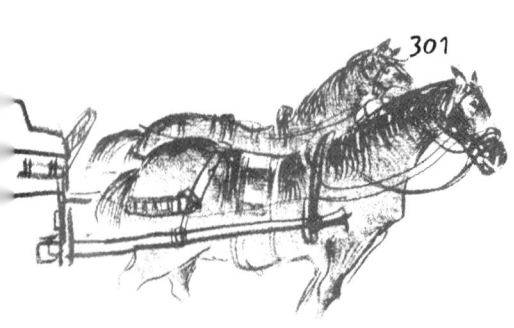

137	玛丽归来
144	悠闲的夏季
155	不听话的马
163	新的学校
175	棕色的长裙
189	内莉·奥利森
206	巴纳姆和跳跳
222	唱歌班
230	巴纳姆学走路
241	阿曼乐要暂时离开了
248	又一年的平安夜
258	考试
263	告别学生生活
267	草帽
278	龙卷风
286	夕阳西下
292	筹备婚礼
297	匆忙的婚礼
301	格雷小屋

离 别

周日的下午，雪后初晴，太阳的光辉照耀着这片白雪皑皑的大草原，草原上的残雪在太阳的照耀下闪耀着银白色的光辉。天气仍然很冷，一阵北风吹过，刮得人脸上生疼。周围很安静，只有马儿"哒哒"的马蹄声和雪橇划过冰层的声音……爸沉默着，一句话也不说。

劳拉坐在大雪橇的木板上，紧挨着爸，也沉默着，事实上她也没有什么可向父亲说的。不久之后，她就会成为一名教师了。

昨天，她还是一名学生，可是，今天她即将成为一名教师。一切变化得太快，快得让劳拉觉得自己明天仍然要和妹妹卡莉一起去上学，而她的旁边仍然坐着艾达·布朗达。但是她很快又清晰地意识到，明天她得去教书了。

这快速的变化显然让劳拉手足无措，她毫无教学经验，而且年龄尚未满十六岁。即便是在十五岁的孩子中，她的身量也算小的。而此刻，她顿时觉得自己更加小了。

他们奔走在一片白茫茫的大草原上，劳拉看了看周围，除了白色别无其他；抬头看天空，天空却是那么广阔，那么高远。劳拉没有回头，但是她知道，小镇已经离她越来越远了。而她那温暖的家里，妈、卡莉，还有格蕾丝都留在了小镇，留在了背后这白茫茫的大草原中。

对于布鲁斯特屯垦区，她除了知道它距离小镇十二英里，此刻正处于他们前方几英里外，其他的一无所知。在布鲁斯特屯垦区，她无疑是个陌生人，她谁也不认识。即便是邀请她来学校教书的布鲁斯特先生，她也只见过一面。她只是记得他很瘦，很黑，跟别的垦荒者没什么两样。至于其他的，布鲁斯特先生并未透露太多。

爸坐在雪橇上，握着缰绳，赶着马儿。爸理解劳拉此刻的感受，但是却不知如何开口安慰。最终爸转过头来，感同身受地说："好了，劳拉。我们都知道，你会成为一名教师的，只是，比我们预期的稍微快了一些，不是吗？"

"您觉得我能胜任吗，爸？"劳拉说，"如果说，学生们看到我个头这么小，会接受我当他们的老师吗？"

"你当然能胜任啊，"爸回答说，"你从来没让我们失望过。"

"嗯，"劳拉承认道，"但是，这次的情况是我之前都没教过书啊。"

"你以前遇到的困难，你都处理得很好，不是吗？"爸说，"你从不逃避问题，你认定的事情，不管过程多难，都会一一达成。相信我，只要你坚持不懈地做一件事，最终你都会成功的。"

父女俩再次陷入了沉默，但是这时的劳拉听着哒哒的马蹄声和嘎嘎的雪橇声，觉得没那么沉闷了。诚如父亲所说，她从来不逃避，因为她不得不这么做。那么，这次，她也必须去当一个教师，即使她以前并没有当过老师。

"你还记得咱们住在梅溪的时候吗？"爸说道，"那次我和你妈去了镇上，可是偏偏又下了一场暴风雪，结果，是你一个人把柴火搬进了屋里。"

听了爸的叙述，劳拉和爸一起哈哈大笑，他们的笑

声是那么洪亮，回荡在寒冷寂静的雪原上。是啊，那个时候，她还那么小，胆子也小，多么勇敢啊！不过，那似乎是很久以前的事情了。

"解决问题的方法就是面对问题。"爸说，"但是，首先你必须得有自信，有了自信你才能去解决其他问题，也只有你相信自己，其他人才能相信你。"爸顿了一下说，"但是，有一点你要注意。"

"注意什么？爸？"劳拉问。

"你性格比较冲动，孩子。你很有勇气，敢说敢做，但是却缺乏思考。所以，你以后要千万记得三思而后行，这样你就不会遇到太多麻烦。"

"嗯，我会的。"劳拉诚恳地回答道。

天气实在是冷啊，冷得人几乎不想开口说话。他们俩躲在厚厚的棉被和毛毯之中彼此沉默着，一路向南。凛冽的寒风迎面而来，前方的路上似乎隐约出现了雪橇划过的痕迹，此外便再无其他的踪迹了。他们的目光之所及，除了前面两匹奔跑的马儿，就是漫无边际的白色大草原和辽阔高远的天空。

在寒风的吹拂下，劳拉脸上的黑色面纱在狂舞。她呼出的热气在面纱上凝结成了霜。而此时，面纱上的寒气和热气不住地拍打着她的鼻子和嘴巴。

快乐的金色年代
These Happy Golden Years

　　终于，在前方不远处，她看见了一所房子。那所房子刚看上去非常小，但是随着越来越接近，房子变得越来越大。然而，在不远处的半英里之外，又有一幢房子；接着，更远之处的另外一幢也出现了。紧接着，还有一幢。一共四幢，这就是一切。它们之间的距离很远，在这片苍茫的天地之间，显得那么的渺小。

　　爸的马车停在了布鲁斯特先生家的门前。布鲁斯特先生的房子有着尖尖的房顶，从外面看起来像是由两所房子搭建而成的。房屋顶上，沥青防水纸光秃秃地露在外面，屋檐上，悬挂着一根根的冰凌，它们中的一些甚至比劳拉的手臂还要粗。它们挂在门前的屋檐上，像一颗颗巨大的参差不齐的獠牙。有的粘到雪地上，有的则掉落下来。这些大块的冰凌有很多都掉进门前浑浊不堪的雪水里——那里是倒洗碗水的地方。窗子里面没有窗帘，但是屋顶上有个烟囱，此刻浓烟正从中冒出来。

　　屋子里传来孩子的哭声，这时，布鲁斯特家的门打开了。屋子里孩子的哭闹声使得布鲁斯特先生不得不扯开嗓门大声说道："英格斯，赶紧进来暖和暖和。"

　　"谢谢了，布鲁斯特先生。"爸说，"这里离我住的小镇有十二英里，我还得在天黑之前赶回去呢。"

　　为了不让寒风钻进爸盖着的棉被里面，劳拉迅速地跳

下了雪橇。爸把妈专门为劳拉做的书包拿出来交给她，那里面有劳拉的衣服以及课本。

"爸，再见。"劳拉挥手与爸道别。

"劳拉，再见。"爸眯着蓝色的眼睛向劳拉告别，似乎这样可以把自己的勇气传递给劳拉。未来的两个月都见不到爸了，因为这十二英里的距离确实不近。

劳拉走进布鲁斯特先生的家，由于一下子从明亮的阳光下走进屋子的原因，她暂时看不清楚屋内的情形。这时布鲁斯特先生的声音在耳边响起："这位是我的太太丽波，丽波，这位就是新来的老师劳拉。"

火炉边，一个女人正搅着锅里的东西，而旁边，一个流着鼻涕的脏兮兮的小男孩正拉着她的裙子哭喊着，而那女人正忙着手里的活儿，脸色阴沉。

"布鲁斯特太太，下午好。"劳拉尽可能用愉快的口气说。

"脱掉你的大衣，挂到沙发那儿的帘子后面。去另一个房间。"炉边的布鲁斯特太太搅拌着锅里的肉，看也没看地说。

劳拉朝着另一个房间走去，边走边觉得很奇怪，自己似乎并没有冒犯布鲁斯特太太的行为。

这所屋子里面，中间的一堵墙把房子分成了一样大小的两个房间。橡木和沥青防水纸构成的屋顶斜斜地搭在

快乐的金色年代
These Happy Golden Years

两间房子两侧的矮墙上。木板墙封得很严实，没有一点缝隙。房子的内部还没完全竣工，立着的柱子都是光秃秃的，就像爸在放领地的房子，只是这幢房子更小，而且也没有天花板。

这个房间很冷。整个房间只有一个窗户，而窗户外面便是白雪皑皑的大草原。一张沙发床紧挨着墙摆在窗户下方。从沙发床的做工可以看出，沙发床是从市场上买来的，木质的靠背弯成好看的弧形。在那上面，铺着劳拉的被子。窗户上的墙壁上，拉着一根挂窗帘的横线，此时上面挂着一面印花棉布的窗帘，拉上它便可以刚好把沙发遮住。沙发对面，一张床紧贴着墙放着。床脚与墙面之间的距离比较近，如果放一张梳妆台和一个行李箱就放不下其他东西了。

劳拉脱下身上的大衣、围巾、面纱和帽子，把它们挂在窗帘后面的钉子上，然后把妈做的小提包放在窗帘下方的地上。房间里很冷，冷得劳拉忍不住瑟瑟发抖。她打心眼里不想去布鲁斯特太太所在的那个有火炉的房间，但是理智告诉她，她必须去，所以她还是去了。

劳拉走进房间，看见布鲁斯特先生正坐在火炉边，怀里抱着一个小男孩。而这时的布鲁斯特太太正把做好的肉汁舀到碗里。桌子上面，很显然已经布置好了，尽管铺着

的桌布上面污迹斑斑，盘子和刀叉歪歪扭扭地摆着。

"需要我帮什么忙吗，布鲁斯特太太？"劳拉鼓起勇气问道。布鲁斯特太太没有回应劳拉，可是劳拉却听见"砰"的一声，布鲁斯特太太满脸怒气，把手上的土豆重重地倒进盘子里。墙壁上的时钟转得飞快，劳拉看了一眼时钟，还差五分就四点整了。

"最近我们每天吃两顿，因为早餐吃得比较晚。"布鲁斯特先生解释道。

听了这句话，布鲁斯特太太显然是生气了，提高嗓门大吼道："我们过这样的生活，究竟是因为谁？从早到晚，我一刻也没停过，难道我做得还不够多么？"

布鲁斯特先生显然有点被激怒了，不由得大声嚷道："我只是想说，现在白天的时间变短了……"

布鲁斯特太太大声地回应道："那你说说，你究竟是怎么想的？"边说边把高脚椅子拉到桌子边缘，然后一把把孩子扔在椅子上。

"劳拉，我们先吃晚饭吧。"布鲁斯特先生说。劳拉默默地坐在空位上，布鲁斯特先生把桌子上的土豆、咸肉和卤汁递给她。客观地说，这顿饭其实是很美味的，但是由于布鲁斯特太太故意的冷漠，劳拉仍然觉得食难下咽。

快乐的金色年代
These Happy Golden Years

为了缓和饭桌上尴尬的沉默，劳拉尽量表现得很愉快并问道："这儿离学校远吗？"

"并不是很远，离这儿大概半英里，穿过几块地就到了。那块地的垦荒者走了，回东部去了，只留下一个单独的小屋。"布鲁斯特先生回答道。

之后，布鲁斯特先生也不说话了，大家又陷入了尴尬的沉默，当然除了那个小男孩。小男孩坐在椅子上极不安分，手不停地在桌子上挥舞，试图抓住桌子上的所有东西。突然，他把面前盛食物的锡制盘子打翻到地上。布鲁斯特太太抓住他的小手，拍打了几下，小男孩大声地哭了起来，脚极不安分地乱踢。

晚餐终于结束了，布鲁斯特先生匆匆地取下墙上的牛奶桶，走向马厩。布鲁斯特太太把小男孩抱下来放在地板上，就在劳拉帮助布鲁斯特太太清理桌子的时候，小男孩渐渐停止了哭闹。清理完桌子，劳拉看见布鲁斯特太太在洗碗，她从妈的提包里取出一条围裙，围在棕色公主裙的外面。然后，又取了一条毛巾，之后便走到布鲁斯特太太身边，把洗过的盘子擦干净。

劳拉试图改善与布鲁斯特太太的关系，问道："布鲁斯特太太，您的儿子叫什么名字？"劳拉希望，此时布鲁斯特太太的心情比之前好一些。

"约翰。"布鲁斯特太太简洁地回答。

"这个名字取得真好。"劳拉说:"他小的时候,你们可以称呼他强尼;当他长大之后,也会发现,约翰是个好名字呢。他现在的小名就是叫强尼吗?"

布鲁斯特太太似乎并不想与劳拉深谈,所以并未搭理劳拉。两人之间的氛围越发怪异。劳拉觉得自己的脸像在火上烧一样,滚烫滚烫。她只能低着头继续擦盘子以掩饰自己的不安。当所有的碗和碟子洗完之后,布鲁斯特太太把洗碗水倒掉,再把锅挂到钉子上。然后,她走到摇椅前坐下来,懒洋洋地摇晃着椅子。火炉边上,小强尼慢慢爬着,看见边上的小猫,就挥动着小手去拽小猫的尾巴。小猫用爪子抓了强尼一下,他便又大哭起来。而布鲁斯特太太却充耳不闻,继续在摇椅上悠闲地摇着。

强尼一直在哭,布鲁斯特太太仍然自顾自地摇晃着,一旁的劳拉看着却不敢去插手。劳拉坐在桌子边的椅子上,看向窗外,那儿有一条覆满白雪的小路,小路一直绵延伸向远方,直至消失不见。远在十二里之外的家里,此刻,妈应该正在准备晚饭吧,卡莉刚刚下课从学校回到家里,而格蕾丝此刻肯定正被她们逗乐呢。一会儿之后,爸会回来,并把格蕾丝举起来,就像小时候举劳拉那样。吃饭的时候,大家会讲一些各自的有趣的故事。吃完饭,他们会看一会书,而卡莉会在一旁开始学习。然后,爸会拉一段小提琴。

天开始变黑了,屋里的光线也越来越暗,暗到劳拉已经看不清楚窗外那条路。终于,布鲁斯特先生拿着牛奶回来了,他把牛奶放到桌子上。这时,布鲁斯特太太也点起了油灯,她拿过牛奶将其过滤,并把锅子放在一旁。布鲁斯特先生则窝进了沙发里面,看起报纸来,但是他们仍然没有说话,房间里很安静却又异常沉闷。

劳拉不知道该怎么办,现在这个时间回去睡觉太早。而且房间里面既没有报纸,也没有书。课本,突然她想到了妈的手提袋里有她的课本。于是她走进了自己漆黑而冰冷的小屋,循着记忆,从包里摸出了历史课本,然后,再次回到桌子边上,开始学习。

"我还可以好好学习,任何事情也无法阻止我学习。"她心想。她坐在椅子上,却感到浑身酸痛,但是渐渐地,随着学习的专注,她开始有些忘记自己现在置身于何处了。直到墙上的钟敲了八下,她才反应过来,拿起书站起来,礼貌地说了声晚安。布鲁斯特先生回应他,也说句晚安,而布鲁斯特太太则始终没有开口。

寒冷的卧室里,劳拉瑟瑟发抖地脱掉外衣和衬裙,穿上她的法兰绒睡袍,迅速地钻进沙发床上的被子里,然后

拉上印花棉布窗帘盖住沙发床。沙发床布置得还是很舒适的，沙发床上铺了床单，枕头也是用羽毛做的，棉被也很温暖，唯一的缺点就是沙发床太窄了。

劳拉躺下之后，却隐隐听见房间外，布鲁斯特太太大声地说着什么，虽然听不清楚内容，但是听得出她很生气。劳拉并不想偷听他们的谈话，于是把整个人缩进被窝里面，只留个鼻子露在外面。尽管如此，但是布鲁斯特太太那具有穿透力的声音还是传入了耳朵，"……这下好了，你是如愿以偿了，可是却要我伺候一个寄宿老师！""……这真是太可怕了！学校老师，确实！……当初如果没有嫁给你，我也会成为一名教师……"

劳拉思忖："她生气应该是因为不想给老师提供食宿。肯定是这样的。"劳拉并不想继续听下去，于是强迫自己睡觉。但是整个夜晚，即便在梦里，她都在担心自己是否会从沙发床上掉下来。而且，更让她害怕的是明天，因为，到了明天她就需要去学校教书了。

第一堂课

劳拉醒来的时候，听见火炉上的盖子咯咯在响，这一度使她觉得自己正躺在家里的床上，与玛丽一起，而爸此刻正在外面生着火。可是，当印花棉布窗帘出现在眼前的时候，她意识到自己是在布鲁斯特先生家。而且，今天，是她当老师的第一天。

虽然躺在屋内，但是劳拉知道，外面布鲁斯特先生取下了挂在墙上的牛奶桶然后出门了。而在另一间屋子，布鲁斯特太太也起来了。小强尼哭了一会，但是很快又

安静下来。劳拉就这样躺着,假装她不起床,那一刻就不会到来。

劳拉听见开门的声音,是布鲁斯特先生,他已经把牛奶带回来了,然后说:"我现在去学校生火,会在早餐前回来。"随后,就听见脚步声和关门声。

劳拉再也没办法容忍自己躺下去了,几乎是一瞬间,劳拉掀开被子,从温暖的被窝里出来。房间里还是很冷。劳拉全身不禁颤抖起来,手指僵的甚至连鞋带都系不好。

厨房里的情况相对好一些。此时布鲁斯特太太已经把桶里的冰凿破,装进壶里。布鲁斯特太太今早的心情似乎很好,因为她还回了劳拉一句早安。劳拉往脸盆里倒了些水,放在进门的凳子上就开始洗漱。脸盆的水冷得刺骨,洗到脸上有点刺痛。对着镜子梳头的时候,她发现因为冰水的刺激,她的脸竟然泛着好看的玫瑰红。

另一边,布鲁斯特太太正把熟的凉土豆削成片放进锅里煎,而她的另一侧,一个锅里正炸着几片咸肉。此刻,强尼在卧室里哭闹着,这使得劳拉快速地扎好辫子,穿好围裙,走到布鲁斯特太太说:"我来炸土豆,您去照顾强尼吧。"

当布鲁斯特太太穿戴好强尼,并把他抱到火炉边来时,劳拉已经削完土豆,撒上盐和胡椒粉,盖好锅盖。然

快乐的金色年代
These Happy Golden Years

后,她又把另一个锅里的肉翻了下,并把餐桌整理干净。

"真高兴,我来的时候,妈提醒我带上这个围裙。"劳拉说:"能遮住整件裙子的围裙最好了,您也喜欢这样的吗?"

布鲁斯特太太仍然没有回答。炉子里的火烧得很旺,整个房间也因此暖和起来,但是氛围还是很沉闷。饭桌上,除了几句必要而客套的话以外,再没有什么其他的可说了。

劳拉吃过早饭,穿上外套,拿起课本和饭盒,离开了布鲁斯特家,那个时候,她觉得前所未有的轻松。穿过草地,劳拉往学校的方向走去。去学校的路还没开辟出来,因此只能沿着雪地上深深浅浅的脚印行走,那显然应该是布鲁斯特先生的脚印。劳拉想一步一步地踩着布鲁斯特先生的脚印前行,但是由于脚印隔得太远,所以劳拉根本没办法那样做。

由于路上积雪太深,劳拉的双脚陷入了雪中。她突然笑起来。"就让我陷在这儿吧,我哪儿也不去了。"她想:"我虽然害怕教书,但是更害怕回去。教书不会比与布鲁斯特太太呆在一起更恐怖的。对,没有什么会比那个更糟糕的。"

劳拉感觉到害怕,为了给自己加油鼓劲,劳拉大声地

015

说:"我一定要往前走。"远处天空中飘着一股黑烟,而那股烟正是来自于前面一间破旧的小屋。当劳拉看见前面多出两排脚印的时候,她知道她已经走到目的地了。屋子里有人在说话,就在那时候,她终于鼓起勇气,推开门,走了进去。

小屋的壁板之间有很多缝隙,阳光通过这些缝隙照射进小屋,落在屋子中间的六张课桌上。桌椅摆放在小屋中间,而它的正前方,安放着一块被漆成黑色的木板,这就是黑板了。

座位的最前面放着一个烧着的炉子,炉子的两端和顶端被炉火烤得红彤彤的。那些围着炉子的孩子们就是劳拉的学生了。他们一共五个人,其中两个男孩和一个女孩,长的很高,甚至比劳拉还要高。

"早上好。"劳拉对他们说。

他们礼貌地跟她打招呼,但是眼睛却没有停止打量她。门边有一扇窗户,一大片阳光通过那扇窗洒落进来。此外,暖炉的角落处,有一个小桌子和椅子。"那应该是为老师准备的。"劳拉心想,接下来,她突然意识到:"噢,我就是那个老师呀。"

劳拉走向那个为她准备的桌子,但是她走路的动静太大了,因此所有学生的眼光都紧紧跟随着她。劳拉放下课本和饭盒,然后脱下外套和帽子挂在椅子旁的钉子上。她看了一眼桌子上的时钟,七点五十,离上课还有五分钟。

她脱下手套塞进口袋里,然后走向火炉。她把手放到火炉边,试图暖暖手。所有的学生忙不迭地给她让位置,但是还是一直盯着她。"我应该说点什么。"劳拉想。

"早上很冷吧?"她说,不等孩子们的回答,她马上接着说:"离火炉这么远,你们能暖和吗?"

其中一个高个男孩回答:"我愿意坐到后面,那儿比较冷。"

另一个高个女孩接着说:"查尔斯得和我坐一块,因为我们用一本书,学习一样的内容。"

"那当然可以,不过,其实你们可以坐得离火炉更近一些。"劳拉说。她看向时钟,让她感到惊喜的是,已经到了八点了。她回过头对学生们说:"孩子们,回到各自的座位上去,我们要开始上课了。"

第一排坐着一个小女孩,紧接着她后面的是一个小男孩。而高个男孩和女孩就坐在他的后面,最后面的位置是另一个高个男孩。劳拉握着手中的铅笔,敲打着桌面,说道:"我们开始上课了,不过在这之前我要记下你们的名字和年龄。"

露比·布鲁斯特是年级最小的女孩,她今年九岁,一

头棕色长发披在身后,脸上一双褐色的眼睛闪闪发光。看得出,她应该是一个听话的乖孩子。露比学完了第一册读本,而数学也开始学减法了。

露比后面的小男孩是她的哥哥,叫汤米·布鲁斯特,十一岁。他现在已经学完了读本第二册,数学也学到了简单的除法。

汤米后面坐在一起的,是哈尔森家的孩子,男孩子叫查尔斯,今年十六岁,长得高高瘦瘦,脸色苍白,说话时候总是慢条斯理的。女孩是玛莎,也是十六岁,说话很快,平时的时候,总是充当两人的发言者。

坐在最后面的是克拉伦斯·布鲁斯特。同样的,他的年纪也比劳拉大。他有一双褐色的眼睛,甚至比妹妹露比的更加明亮、有神。他的头发黑且浓密,使得整个人散发出率性随意的气质。他说话和行动都很快,说话也俏皮幽默。

克拉伦斯、查尔斯和玛莎在学的是读本第四册,拼写课本也学了一半,数学学到了分数,地理课也学完了新英格兰的各州,并且问题回答得很好,劳拉决定教给他们大西洋沿岸的各州。他们中没有人学过语法和历史,但是玛莎把她妈的语法书带来了,而克拉伦斯也有一本历史书。

"很好。"劳拉说,"我们接下来一起开始语法和历史的学习，如果有必要，大家可以相互交换课本学习。"

在了解了学生的情况并安排好课程之后，刚好到了下课时间。学生们都穿上了外套跑到雪地里去玩了。劳拉终于长长地舒了一口气，放松下来。"真是太好了，今天过去了四分之一了。"

劳拉开始安排一天的工作。上午的课程，她要教他们阅读、数学和语法；下午的课程，分别教阅读、历史还有单词拼写。单词拼写分成三个班上，因为露比和汤米在单词拼写上与其他人相差太多。

十五分钟过去了，劳拉看了看时间，该上课了，于是敲了敲窗户，叫学生们进来上课。一直到中午休息这段时间，她都一刻没闲着，一边听着他们的朗读，一边大声纠正他们的阅读。

中午休息时间比较长。劳拉坐在自己的小桌子边，用面包蘸着黄油吃起来。孩子们则聚拢在暖炉周围，一边吃午饭，一边玩闹着。吃完饭，男孩子们都跑出去，比赛跑步，玛莎和露比则站在屋里的窗户边看着他们玩闹。劳拉则安静地坐在自己的座位上，因为她觉得自己已经是老师了，必须表现得像个老师的样子。

终于，午休时间结束了。劳拉再次敲了敲窗户，叫他们回来上课。男孩子们回来了，他们一个个有活力极了，

跑进来的时候气喘吁吁，呼出的气体在空气中被凝结成水雾，他们脱下外套抖去上面的寒气，然后挂在墙上。激烈的运动和冷空气的刺激，使得他们脸上都红彤彤的，可爱极了。

劳拉说："炉子里的火变小了，查尔斯，麻烦你去加些煤火。"

查尔斯很高兴地接受了劳拉的差遣，可是动作缓慢。但是，他还是举起煤斗，把里面的煤倒进了炉子。

"下次请让我来做吧。"克拉伦斯说。他也许并不想表现得很无礼，但是就算是他想无礼，劳拉又能如何呢？他很健壮，而且比她年纪大，个子也比她高。他那双褐色的眼睛就那样看着劳拉，似乎是在等待一个答案似乎又只是在陈述。劳拉站得直直的，用铅笔敲了敲桌子。

"我们开始上课吧。"

学校虽然规模很小，但是劳拉还是试图按照小镇上的规矩，让每个班都到前面背书。露比的班级只有她一个人，她必须知道每一个问题的答案，因为没有其他人会帮助她回答那些问题。劳拉让她慢慢拼写，如果错了，就再继续写一次。她写完了课上的所有单词。汤米比露比更慢，劳拉必须给他充足的时间思考，即便错了也特意给了他几次重写的机会，而他也确实来来回回写了几遍。

接下来轮到玛莎、查尔斯和克拉伦斯拼写了。玛莎很顺利地完成了,查尔斯错了五个,而克拉伦斯则错了三个。这是第一次拼写,为了立好规矩,劳拉惩罚了他们。

"玛莎,你下去吧。"她说:"查尔斯,克拉伦斯,你们到黑板上来,把错了的单词写三遍。

查尔斯老实地走过去,开始写错的单词。克拉伦斯则淘气地看了劳拉一眼,不情愿地在他那边的黑板上,歪歪扭扭地写了六个巨大的单词。然后,转过头来,甚至不等劳拉开口就说:"老师,黑板小了。"

他在因为惩罚而向老师挑衅。

克拉伦斯就站在那里,嬉笑地看着劳拉,劳拉也盯着他,就这样他们相互僵持了一会儿。

劳拉先开口说:"黑板的确是小,但是,克拉伦斯,把你写的单词擦掉,再写一遍,写小一些,地方就足够了。"

他必须听她的,可他如果不那么做,劳拉其实也不知道自己接下来会做出什么来。

克拉伦斯咧着嘴笑笑,然后转过去把故意写大的单词擦掉,然后重新写了三遍,并在最后签上了自己的名字。

劳拉舒了一口气,看到时钟指向了下午四点。

"请大家把课本放好。"她转过脸对学生说,当他们都把自己的课本收拾妥帖后,她宣布:"放学了。"

克拉伦斯欢呼着，抓起帽子和大衣就跑出了大门。汤米紧随着他的脚步，但是他们站在外面并没有走开，而是站在那里等露比，而劳拉正帮露比穿戴衣帽。查尔斯和玛莎仔细地穿戴好衣服、帽子，因为他们要走一英里才能到家。

劳拉站在窗边，看向远方，看着查尔斯兄妹走远，也看见了半英里外布鲁斯特先生哥哥的房子。小屋的上面升起了袅袅炊烟，朝西的玻璃上映射着落日的余晖。远处，克拉伦斯和汤米正嬉戏打闹着，露比则跟在他们后面，她红色的风帽在雪地里尤其耀眼。雪后初霁，阳光很好，所以隔那么远，她也能分清他们。

校舍里没有朝北的窗户，所以即便一场暴风雪来临，如果不是刮到了她面前，她都不会发现。

她开始打扫教室的卫生，擦黑板，扫地。但是地板之间的缝隙太大，灰尘都漏到了缝隙之下，簸箕都不需要了。打扫完卫生后，她穿上外套，拿上书和饭盒，关好教室的门，沿着早上来的路向布鲁斯特先生家走去。

当老师的第一天就这样顺利地结束了，真是要谢天谢地。

第一个礼拜

一想到布鲁斯特太太阴沉的脸,劳拉就感到心情沉重。但是她想尽量让自己保持愉快的心态,因此边走便安慰自己:"布鲁斯特太太虽然脾气不好,但是也不可能天天都生气,没准,今天回去的时候,她就会变得好很多了。"

劳拉回到屋里的时候,还带着一身的寒气,可是小脸却红扑扑的,她尽量用愉悦的声音跟布鲁斯特太太打招呼,但是无论她说什么,带着怎么的心态,布鲁斯特太太还是回答得很干脆,要么就完全不理她。晚饭时,他们也

再无多话，房间的气氛一如既往的沉闷，劳拉再也提不起说话的兴致。

吃完饭，劳拉仍然帮忙收拾，收拾完之后就回到自己的小黑屋发呆，而布鲁斯特太太则继续窝在她的摇椅里，悠闲地摇着。这个时候的劳拉非常想念那个在十二英里外的家。

当布鲁斯特太太点灯的时候，劳拉就把课本拿出来在灯下学习，她想跟上镇上孩子们的学习进度，并且她也因为沉浸在学习中从而忘记了自己身处何地。

劳拉缩在椅子上，感觉这种沉默的氛围压得她喘不过气来，而布鲁斯特太太仍然在一旁摇着摇椅，布鲁斯特先生则把睡着的强尼抱起来放在自己膝盖上，眼睛却盯着燃烧的火炉，不知道在思考着什么。七点，八点，终于到九点了，劳拉舔了舔嘴唇，鼓起勇气说："这么晚了，我想我要去睡觉了，晚安。"

布鲁斯特太太一如既往地没有吭声，而布鲁斯特先生回过神来，说了句"晚安。"

劳拉迅速地走进自己的房间，还没钻进被窝，就听见外面布鲁斯特太太的嚷嚷。劳拉用被子把头盖住，强迫自己不去听，但是那个声音还是能穿过棉被，进入她的耳朵。她突然明白，或许布鲁斯特太太就是专门要她听见的。

快乐的金色年代
These Happy Golden Years

布鲁斯特太太在说："我才不愿意伺候一个小丫头，每天除了打扮得花枝招展地去学校坐着，其他的什么也不会做。""如果你继续把她留在这里，那么我就要一个人回东部去了。"她一直在反复地说着这些话，而这让劳拉觉得非常受伤。那个声音太愤怒，愤怒得似乎想伤害任何人。

劳拉不知道自己该怎么办。她恨不得马上回家，可是她又必须克制自己这么想，因为一想到家，她就会难过得想要哭出来。她在这儿没别的地方可去，这儿除了布鲁斯特先生家以外，另外两栋房子也只是小窝棚，哈尔森家已经住了四个人，而布鲁斯特先生哥哥家有五个人。他们没有多余的地方给她了。

劳拉心想：她似乎并没有给布鲁斯特家添麻烦。她帮布鲁斯特太太做家务，而且自己的事情也没让他们操心。而此刻门外，布鲁斯特太太又开始抱怨这块地是多么贫瘠，风刮得多么大，天气多么寒冷。刹那间，劳拉终于明白，布鲁斯特太太并不是完全因为自己而生气的，她只是想找个理由大吵一架。她真是个小气自私的坏女人。

布鲁斯特先生并没有说任何话。劳拉也想着："我必须忍着，毕竟，我没有其他地方可以住。"

第二天早上，劳拉醒来安慰自己："其实每天我只需要

忍耐一段时间的。"

待在布鲁斯特先生家,劳拉始终小心翼翼,不给布鲁斯特太太添麻烦,还尽可能地帮助布鲁斯特太太做家务。"早上好。"劳拉笑着问好,但是她不可能一直都这么笑着,她第一次发现,原来微笑是需要两个人才能办到的事。

第二天上课,劳拉还是有些害怕,但是一切进行得还是很顺利。克拉伦斯仍然还是不想学习。劳拉还是比较担心克拉伦斯会捣乱而不得不惩罚他,但是他学得不错,或许克拉伦斯并不是个惹事精。

让劳拉感到奇怪的是,今天四点的时候,她就感到了疲倦,不过还好,第二天也就这么顺利地过去了,而到了明天中午,这周就过去一半啦。

这周马上就要过去一半了,劳拉感到很高兴,于是下课之后兴冲冲地走上回去的路,但是她突然定在雪地里,因为劳拉突然意识到,礼拜六和礼拜日两天,她都不得不和布鲁斯特太太待在一起。她不禁叹了口气:"哎,爸,我真的做不到。"

想到这里,劳拉忍不住哭出声来,当她意识到自己在哭泣时,她感到有些羞愧。周围没有人烟,有的只是白雪皑皑的世界,辽阔而安静。劳拉觉得自己宁愿待在这没有

快乐的金色年代
These Happy Golden Years

人烟的雪地里，也不愿意回到布鲁斯特先生的家，不愿意明天还要面对那一群小孩。但是，时间不可能停止，太阳总会在傍晚落下去，在明早升起来，而一切还得继续。

那个晚上，劳拉又梦见自己迷失在暴风雪里。她和卡莉曾经在一场暴风雪中迷路了，之后，她有时会做那个有关暴风雪的梦，然而这次的梦中，暴风雪尤其猛烈，凛冽的寒风，刮在脸上像刀割一样，她和卡莉快被大风吹到沙发下面去了。卡莉差点就要掉下沙发了，劳拉死死地拖住卡莉不放，就这样僵持了好一会，突然，卡莉不见了，消失在暴风雪中，劳拉吓得几乎心脏都停止了跳动。劳拉顿时力气全无，她感到自己在往下沉，沉入到无边的黑暗之中。然后，她看见爸来了，爸坐在雪橇上，刚从小镇上过来："小家伙，礼拜六了，我们回家吧。"妈、卡莉和玛丽都很惊喜，卡莉大声地叫着："噢，劳拉。"声音中充满了快乐。而妈此时，正笑眯眯地望向她。卡莉赶紧接过劳拉的衣服，而格蕾丝则高兴地蹦蹦跳跳。妈对爸说："查尔斯，你怎么也不事先通知我呢。"爸笑着说："卡洛琳，我告诉过你呀。我告诉你我要去拉一个小东西回来，只不过这个小东西就是劳拉。"劳拉脑子里闪过这样一个清晰的画面，爸喝完茶放下茶杯，然后大声说："卡洛琳，今天下午我要去拉一个小东西。"回答爸的是妈的大叫："噢，查

尔斯。"劳拉似乎从来都没离开过家。

接下来，劳拉醒来了。她发现自己并不在家里，而是躺在布鲁斯特先生的家中，而且现在是礼拜三的早上。梦境如此真实，让劳拉觉得一切跟真的一样，她多想回到那个梦里，沉浸其中。这个周末，爸可能会来接她，这是他的风格，他喜欢制造这种惊喜。

昨夜，一场暴风雪袭击了这里，因此劳拉不得不重新走出一条通往学校的路。冬天的清晨，阳光洒在雪地上，雪地上竟然泛起淡淡的红光，周围的一切都笼罩在蓝色的阴影下。劳拉一步一步踏过松软的雪地。是克拉伦斯！劳拉认出了走在前面的那个人，而且那人身后还紧跟着两个小不点——汤米和露比。劳拉和他们一行几乎是同时到达校舍前。

小露比，全身都沾满了雪花，连帽子和辫子上都是。劳拉帮她把衣服上的雪都弄干净，并且让露比进教室之后等完全暖和了，再把衣服脱下来。劳拉脱下自己的大衣，抖了抖上面的雪，之后拿起扫帚把抖落的雪扫进木板的缝隙，而此时，克拉伦斯已经往火炉里加了一些煤。阳光透过窗户照了进来，屋子里亮堂堂的，让人觉得很温暖。但是，实际上，屋子里比外面还冷。添加了煤之后，火苗马上就蹿起来了，他们呼出的白气儿已经看不见了，不过这

快乐的金色年代
These Happy Golden Years

个时候已经是上午九点多了。"现在，我们开始上课吧。"劳拉宣布。

玛莎和查尔斯也来了，只不过他们迟到了三分钟。实际上，劳拉并不想责罚他们，因为他们要走整整一英里的里的路来上学。在深深的积雪里，走几步的话，是很容易也很有趣，但是要在雪地里走一英里，其实是很费力的事情。有那么一刻钟，劳拉确实是已经打算放过他们。但是他们确实是迟到了，如果不惩罚，那对别人并不公平。

"玛莎、查尔斯，我很抱歉，我得记下你们的名字，因为你们迟到了。"劳拉说："不过你们可以先到火炉边暖和暖和。"

"很对不起，英格斯小姐。"玛莎说，"我们也没想到会花这么长时间。"

"我很理解你们，在雪地里走这么远的路确实很不容易。"劳拉说。然后和玛莎相视一笑，这种笑容，让她觉得，其实教书也不是那么难。接着她说："学到读本第二册的同学，请走到前面来。"然后露比独自站起来，走到前面。

一个上午，就这样顺顺利利地过去了。中午的时候，露比悄悄地递给劳拉一块饼干。中餐之后，克拉伦斯来邀请她参加打雪仗，而且玛莎也在一旁说："你加入的话，我

们就刚好三对三了。"

　　克拉伦斯的邀请让劳拉觉得很高兴，她是多么想站在雪地里，沐浴在阳光下。劳拉走出教室，去参加这个有趣的游戏。她跟露比还有玛莎一队，而她们的对手就是克拉伦斯、查尔斯和汤米。四周都是飞扬的雪球，克拉伦斯和玛莎躲闪得最快，每次躲过雪球的袭击后，他们就迅速闪到一边，用带着手套的双手抓一把雪捏成雪球，马上扔出去，然后再躲开。由于运动的关系，劳拉浑身发热，脸上红扑扑的，还不时发出咯咯的笑声。就在这时候，一个雪球迎面飞来，她来不及躲避，正被雪球砸中，脸上头上都沾满了雪。

　　"噢，天哪，我不是故意的。"克拉伦斯的声音传过来。

　　"你打中我了，不过打得真准哪。"劳拉一边笑着回答，一擦去脸上的雪粒。

　　"我来帮你擦吧。"说着，克拉伦斯像对待露比一样，揽过劳拉，拿着劳拉围巾的末端帮她擦掉脸上的雪。

　　"谢谢。"劳拉说，不过她明白自己不能再跟他们这么玩了。因为自己本来就年纪小，而且个子也不大，继续跟他们打闹下去的话，她就再也没办法管住他们了。

　　那天下午，克拉伦斯拽了玛莎的头发。原因是，玛莎转头的时候，辫子恰好扫过克拉伦斯的桌子，于是克拉伦斯就拽了玛莎的辫子。

"克拉伦斯。"劳拉说："看你的书，别影响玛莎。"

克拉伦斯对劳拉笑了笑说："好吧，看在你的份上，我就不拉她的头发了。"

劳拉觉得啼笑皆非，差点笑出声来。但是她克制住了，保持着严肃的样子。现在，她很确定，克拉伦斯的确是个捣蛋鬼。

礼拜三就这样顺利结束了，剩下的就是礼拜四和礼拜五了。想到这儿，劳拉就很刻意地不想再想下去，因为她尽量不去奢望爸会来接她回家。然而她却又不由自主地去想象，想象爸驾着马车来接她，带着她一起离开布鲁斯特先生家，回到温暖的家里。但是，显然爸是不会知道她在这儿过得多么难受，她不能指望爸来解救她。但是，如果到时天气很好，爸是有可能来接她的吧。如果爸来的话，她就只要再忍受两个晚上，然后就可以在家渡过礼拜五的晚上了。她不敢再去想，因为她害怕万一爸不来，她会非常非常失望。劳拉知道，家人肯定也在想念她，所以天气晴朗的话，爸应该会来的。

礼拜五的早上，天并不遂人愿，那天早上天空中乌云密布，寒风呼呼地刮个不停。

坐在学校里，看着外面的天气，劳拉担心了一整天，担心暴风雪忽然就出现，担心小屋在风雪中咯吱咯吱的声音，最担心外面重新变得白茫茫一片。

寒风通过木板间的缝隙刮了进来，雪花也随着狂风飞到了草原上的各处。看着外面肆掠的狂风，劳拉知道，爸不会来了。这样的天气，来回二十四英里，马儿们根本吃不消。

"我如何度过这个难熬的周末呢。"劳拉想。

劳拉很失落地将眼光从窗外拉了回来。查尔斯正在那儿昏昏欲睡。但是，突然一下子，他就惊醒了。原来是克拉伦斯用针戳了他。劳拉差点被他们逗得笑起来，可是克拉伦斯发现了她正盯着他们，他嘴角隐隐含着笑意。劳拉想着她不能让这件事就这么过去。

"克拉伦斯，"她说，"你怎么不学习呢。"

他回答："我已经都学会了。"

对于克拉伦斯的话，她并不怀疑，因为克拉伦斯确实学得很快，他甚至可以跟上查尔斯和玛莎的学习进度，所以他完全有玩耍的时间。

"那我们现在检查一下，你的单词背得怎么样了？"她说："单词三班，到前面来。"

风声越来越大，小屋在风中颤颤巍巍。雪花从木板墙中刮进来，然后被室内的炉膛里的火融化，在地下留下一滩水迹。时间就这样一分一秒地过去了。克拉伦斯完成得很好，而且一字不差。劳拉在想，天气这么糟糕，是不是要提前放学。天气越来越坏，这么下去，查尔斯和玛莎回家将会很困难。

一阵奇妙的银铃声若有若无地传进了劳拉的耳朵里。她聚精会神地仔细听，而孩子们也都静下来侧着耳朵听。劳拉不知道这铃声是哪里来的。天还没完全变，但是云层压得很低，低低地掠过草原的上空。那铃声有节奏地在响，像一首明快的歌谣，而且声音越来越清晰。突然，当听清楚那声音之后，劳拉愣住了，啊，那是雪橇的声音啊！

两匹棕色的马儿迅速地掠过窗前。那是王子和淑女，劳拉怎么样也不会忘记它们的，它们是怀德先生的马儿。所有人都静静地听着，听见雪橇的铃声越来越响，越来越响，然后停在了门外。两匹马儿停在南侧墙边的避风处，铃铛轻轻地晃动，一声声清脆的铃声传来。

劳拉兴奋得不得不努力稳定住自己的情绪，对学生说："同学们，坐好。"接着她停了停，尽量压低声音以掩饰自己的兴奋，然后继续说道："同学们，现在天虽然还早，但是天气越来越糟糕。所以，今天我们提早放学。下课。"

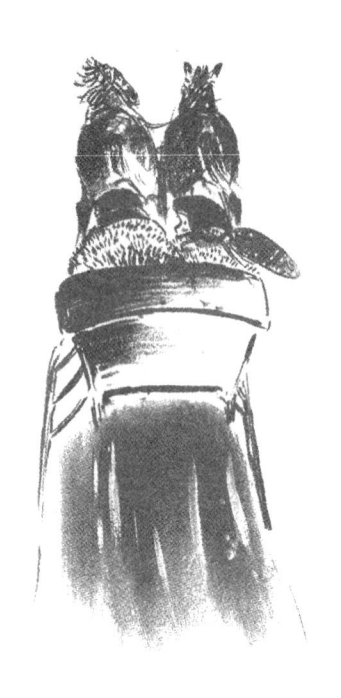

雪橇上的铃声

克拉伦斯跑到门外,然后兴冲冲地对劳拉喊道:"老师,是来找您的。"

此时的劳拉边帮露比穿外套边说道:"我知道了,我马上就来。"

"查尔斯,快过来,看看这马儿。"克拉伦斯砰的一声把门关上,小屋子在这时轻轻地摇晃了一下。劳拉赶紧穿戴好自己的衣帽、手套,然后拿着课本和饭盒,锁上门就离开了教室。她心里高兴极了,激动得几乎无法呼吸。虽然不是爸来，但是她今天可以回家了。

阿曼乐·怀德正坐在雪橇里。雪橇的绳子就系在王子和淑女的身上。阿曼乐穿着一件野牛皮的外套，头上戴着毛皮帽子，看起来非常暖和。

"要先去布鲁斯特家吗？"他问。

"嗯，先回去一下，我把饭盒放回去，然后再拿上我的小背包。"劳拉说。

布鲁斯特家里，强尼又在嚎啕大哭。劳拉走出来的时候，她看见阿曼乐正厌恶地看着那房子。但是，那又与她何干呢，她现在要回家了。阿曼乐用袍子把劳拉紧紧地裹住，很温暖。马儿开始奔跑起来，雪橇的铃声再次响起，伴着这铃声，她就要回家了！

隔着厚厚的黑色羊毛面纱，劳拉对阿曼乐说："我感到很高兴，你能来。不过，我本以为来的会是我爸呢。"

阿曼乐稍有迟疑，然后说："嗯……本来你爸是要来接你的，不过，我跟他说，今天天气很糟糕，驾雪橇过来，会走的很辛苦。"

"礼拜日的下午，他们还要送我回来。"劳拉说："因为，周一早上我还要上课。"

"嗯，到时王子和淑女应该还能跑一趟。"阿曼乐说。

劳拉有些不好意思，因为这根本就不是她的本意，她

没有暗示阿曼乐的意思。她甚至只是感激他来载她回家。又一次，她嘴巴快过脑子了。爸给的建议太对了，她应该在说话之前好好考虑。劳拉想，以后我一定要三思而后行。然后，她却又脱口而出："噢，不用麻烦你了，我爸会送我回来。"完全没有意识这句话有多么无礼。

"不麻烦，"阿曼乐说，"以前我说过，等我有了轻便的雪橇，一定邀请你来坐，这就是我的轻便雪橇，你觉得如何？"

阿曼乐继续说道："我把它做得比市场上的小一些，长五英尺，底部宽二十六英寸。这样的雪橇坐起来更加舒服，而且马儿拉起来也会轻松很多。马儿甚至会感觉不到在拉雪橇。"

马儿跑得很快，雪橇跑得比以往要快很多。"像是要飞起来啦。"劳拉高兴地说。

雪橇在向前行驶，头上的云层不断掠过，路旁纷飞的雪花不断地被吹到他们的后面。两匹矫健的马儿带着他们飞奔向前，阿曼乐的小雪橇一点也不颠簸，轻快地在雪地里滑行，像一只滑过天际的小鸟一样。

劳拉觉得他们的速度并不是很快，但是实际上他们的速度相当快。雪橇经过熟悉的街道，从路边的橱窗一闪而过然后就到了家门口。门开着，爸就站在门口。劳拉迫

快乐的金色年代

These Happy Golden Years

不及待地跳出雪橇，等到跑上了台阶，才回过头对阿曼乐说："非常谢谢你，怀德先生。晚安。"劳拉终于回到家了，她不由自主地深吸了口气，带着深深的眷念。

妈脸上堆满了笑容，以至于她整个脸上都在闪闪发光呢。卡莉高兴地围着她转，还帮她取下她的围巾和面纱，格蕾丝高兴地大叫："劳拉回家啦，噢，劳拉回家了。"爸走过了，笑着说："嗯，让我们先好好地看看这个小家伙吧。哦，没怎么改变，还是那个爱操心的小姑娘。"

分别了一礼拜，他们有很多的话要说，有很多的事情要分享。起居室看起来比印象中要宽敞、漂亮很多。起居室木板的颜色比以往要深，松树做的木板颜色一年比一年深。红色格子桌布已经好好地铺在餐桌上了。地板上碎布编织的地毯显得鲜艳而喜庆。窗户上挂着白色的窗帘，旁边，一把摇椅静静地放着。另一边还摆着卡莉买的新椅子，那把爸为妈做的柳藤椅也还在那个角落。椅子上都放着布制的靠垫，除了那把妈的椅子，因为那张椅子上放着的是针线篮子，篮子里放着没有织完的毛衣，几根织针插在一旁的线球上。凯蒂蜷在劳拉的脚边，时不时打个哈欠，伸个懒腰。爸的桌子上还是放着蓝色珠子做的花瓶，那还是玛丽以前做的呢。

晚餐时间，所有的家人都围着餐桌开始聊天。劳拉

很想和家人分享自己这个礼拜的生活，以致她根本不感觉饿，她太想分享她的感受了。她讲了她的教书生活，讲了她的每个学生，还读了玛丽的最新来信，在信上，玛丽说她在纽约的盲人学校过的很开心。卡莉把镇上最近发生的新鲜事挨个说了个遍，而格蕾丝则说了最近学会的单词，以及凯蒂和一只狗狗的大战。

吃过晚餐，劳拉和卡莉洗了碗碟，然后爸说出了劳拉期待已久的话，他说："劳拉，如果你不介意的话，我想你可以把我的小提琴拿来，我们来享受点音乐吧。"

爸演奏了激昂的苏格兰和美国的进行曲，又拉了一曲优美的古老情歌，最后以一曲华丽的圆舞曲作为结束。劳拉幸福地都哭了。

睡觉的时间到了，劳拉拉着卡莉和格蕾丝上楼睡觉，通过小阁楼的窗户她看见镇上的灯火在暴风雪中闪烁着。躺在温暖的被子中，听见爸妈的脚步声消失在走廊的另一头。妈故意压低的声音，爸深沉的声音，这一切让劳拉备感幸福。一想到自己能在家呆两个晚上，她根本兴奋得睡不着，或者说舍不得睡觉。

然而，很快她就进入了梦乡，她睡得很香很沉，因为她不用担心自己会从沙发上掉下去了。她好像刚睡着，然后马上就醒了。听着楼下火炉盖子发出的咯咯声，她知道

快乐的金色年代
These Happy Golden Years

自己正呆在家里。

"早上好。"躺在床上的卡莉说。"早上好，劳拉。"格蕾丝从床上跳起来。劳拉走进厨房的时候妈笑着对劳拉说："早上好。"这时提着牛奶走出来的爸也对劳拉说："小家伙，早上好啊。"以前劳拉从来没觉得一句早上好会让早晨如此美好。无论布鲁斯特太太如何，但是至少我从她那里学到了一些东西，劳拉想。

愉快地吃完早餐，劳拉和卡莉刷完盘子，就上楼整理卧室。当他们整理房间的时候，劳拉对卡莉说："卡莉，我们能生活在这样的家庭，是多么幸福啊。"

卡莉感到有些惊讶，她回头看了看四周，房子里只有两个小床和三个装衣服的小盒子，头上是木板，此外别无他物。当然，如果不算那个从天花板上穿过屋顶的大烟囱。

"家里很舒适也很温暖。"卡莉说，她们一起把第一条被子摊开、叠好，然后收到角落里面。"但是，我想我还是不会觉得这有多幸运。"

"等到你离开家的时候，你会明白的。"劳拉说。

"你很讨厌去学校教书吗？"卡莉悄悄地问。

"嗯，是不怎么喜欢。"劳拉说："但是，不能让爸妈知道。"

她们用手轻轻地拍打枕头，让它更松软，然后把它放回原位，然后她们脱掉鞋子，坐到了床上。"也许，你不会教得太久，"卡莉试着安慰劳拉，她们解开枕套上的稻草扣子，伸手进去搅动里面的稻草，"或许，你可以像妈那样，结婚。"

把枕套拍打均匀，系上扣子。劳拉说："我不想这么早就结婚。好了，我们现在开始整理下床铺吧。我还是觉得，能呆在家里，就非常非常幸福了。"

"永远么？"卡莉问

"嗯，是的，永远。"劳拉坚定地说，然后她展开床单接着说："不过这也只是美好的愿望罢了，我还得回去继续教书呢。"

叠好被子，枕头也被拍得松软，这样屋子就整理完毕了。"我来做其他的家务好了。"卡莉说，"如果你打算去玛丽·鲍尔家，那么现在就去吧，早去早回。"

"嗯，我只是想去看看，我的学习进度是否和同学们同步。"劳拉说着下楼从井里打了几桶水装进锅里，放到炉子上。等火升上来后，劳拉就去玛丽家了。

劳拉已经忘记了，自己曾经是多么不喜欢这个镇子。在这个晴朗明媚的早晨，阳光照射在结冰的车辙上和街边的积雪上，闪闪发光。路边的两个街区，现在只有西边还

快乐的金色年代
These Happy Golden Years

剩下两块空地。街边的商店有些重新刷上了白色或者灰色的墙漆,霍森家的杂货店的墙壁则被刷得粉红粉红的。小镇的早上到处都充满了忙碌的快乐。商店里的老板们,都穿着厚厚的棉袍,带着帽子,扫着街边的积雪,然后相互寒暄着。走在街上随时都可以听见一家家开门的声音,听见小镇里母鸡的咯咯声,以及马厩里马儿的嘶鸣。

福勒先生和布莱尔先生看到劳拉时,向她脱帽致敬并道早安。福勒先生说:"早安,英格斯小姐,听说您在布鲁斯特先生那里做老师。"

劳拉顿时觉得自己已经是个大人了。"是的,福勒先生,我只是回来过周末。"劳拉回答。

"原来是这样啊,祝你一切顺利。"福勒先生说。

"谢谢你,福勒先生。"劳拉说。

鲍尔先生的裁缝店里,玛丽·鲍尔的爸正坐在椅子上跷着二郎腿,忙碌地在做衣服。

鲍尔太太招呼劳拉:"玛丽,看看谁来了。我们的老师,最近过得好吗?"

"非常好,谢谢您。"劳拉回答道。

"你喜欢当老师吗?"玛丽·鲍尔问。

"我想我过的蛮好的。"劳拉回答:"但是,我还是觉得待在家里更好。如果这两个月能快点过去,我想我会很高

041

兴的。"

"是啊，我们都会很高兴的。"玛丽说，"你走的这些日子，我非常想念你呢。"

"真的吗？"劳拉听了之后，心里美滋滋的，"我也非常想念你们。"

玛丽继续说："内莉·奥里森想坐到你的位置上。艾达不让，但是她说她帮你看着座位，直到你回来，然后欧文老师也同意了。"

劳拉不由得大声地问："内莉·奥利森为什么要坐我的位置？她的座位跟我的也差不多啊，"

"内莉就是这样的啊，你知道的。"玛丽说："她就是想要得到别人拥有的任何东西。还有，内莉要是知道阿曼乐用他的小雪橇接你回来，肯定会气得跳脚吧。"

然后她们两个都不约而同地笑起来，劳拉觉得不好意思，但还是忍不住笑了。她们都记得，内莉曾经说过会坐上阿曼乐的雪橇，可是这一切并没有发生过。

"我都等不及要去告诉她了。"玛丽说。

"可是，我觉得那样很不好哦。"鲍尔太太大声说。

玛丽承认："我知道这样是不好的。但是，你不知道内莉有多么爱炫耀，还老是欺负劳拉。劳拉现在去教书了，阿曼乐·怀德专门去接她，他是在追求她。"

"哦，不是这样的，玛丽。"劳拉说："根本就不是这样的，阿曼乐会来接我，完全是因为我爸的原因。"

玛丽不以为然反而大笑道："劳拉，他肯定是喜欢你的。"看着劳拉的窘态，玛丽急忙说："我很抱歉，劳拉，如果你不想谈论这个，那我就不说了。"

"我没有那个意思。玛丽。"劳拉解释说，当你一个人的时候，一切都很简单，当你进入人群，就会莫名地陷入一种困境。"我只是想表达，怀德先生跟我不是男女朋友的关系，因为真的不是。"

"好吧，我相信你。"玛丽说。

"玛丽，我只能呆一会儿。"劳拉说，"我出来的时候把水壶在放火炉上了，现在肯定很烫了。玛丽，跟我说说，你们现在都学到哪里了？"

玛丽跟她说了学习的进度，劳拉发现，自己晚上自学的进度刚好跟她们是一样。然后，劳拉就回家了。

那一整天，劳拉都很开心。她回到家洗了衣服，并在衣服上喷了水，然后熨平。洗完衣服，劳拉坐在舒适的家中，陪着妈、卡莉还有格蕾丝聊天，并拆开她的那顶天鹅绒帽子。她把帽子拆开，刷干净，然后用熨斗烫平缝好，挂到墙上。劳拉试了试帽子，戴上很漂亮，看起来像新的一样，甚至比之前还好看。看到时间还充足，劳拉重新

把棕色裙子刷了一遍,并用海绵蘸干上面的水渍,重新熨平。接着,劳拉开始帮妈做晚饭,吃完饭,他们先后在温暖的厨房里洗澡,之后就上床睡觉了。

如果就这样在家里生活,我就没有更多的要求了,快进入梦乡的时候,劳拉这么想。可能就因为今天和明天都会在家里吧,所以我的心中会充满感激之情吧。

礼拜天的早上,劳拉、卡莉和妈一起出门,天气晴朗,阳光明媚,整个小镇都沉浸在周日慵懒的氛围里。早上的家务已经做完了,周末大餐的原材料豆子已经在烤箱里烘烤了,爸把火炉的阀门关上,走出厨房,关好门。

一家人走在街上,劳拉和卡莉在前面,爸和妈牵着格蕾丝走在后面。大家都穿上了自己最干净和美丽的衣服。大家非常小心地走着,避免在结冰的路面上滑到。镇上的居民也都小心翼翼地走着,穿过福勒先生商店后面的空地,往教堂里走去。

走进教堂,劳拉四处张望寻找熟悉的人,终于她看到艾达了。艾达也看到她了,艾达冲着她笑起来,棕色的眼睛里闪闪发亮。她往旁边坐了坐,给劳拉挪出了一个座位,然后搂住劳拉的肩膀悄悄地说:"劳拉,真高兴能看到你。你什么时候回来的?"

"礼拜五放学之后,我就回来了。今天下午我就要回去了。"劳拉说。她们还有时间互相交流,在布道之前。

"劳拉,你喜欢教书吗?"艾达问道。

"我不喜欢教书,艾达,一点都不喜欢。但是,请不要告诉任何人,目前为止,我还能胜任这份工作。"

"你放心,我肯定替你保密的。"艾达说,"我就相信你会处理得很好的。可是,你不在学校我还是感到很伤心,你的桌子老师空着,桌子上什么都没有。"

"我会回来的,七个礼拜之后吧。"劳拉说。

"劳拉,你不会在乎,你不在的这段时间,内莉坐在我旁边吗?"艾达说。

"你为什么会这么说?艾达·布朗……"劳拉试图解释,但是她却发现艾达在逗她。"当然不会,"她回答,"你应该去问内莉·奥里森,她敢不敢去坐。"

因为此刻她们正在教堂里面,所以她们不得不极力地控制自己不能笑出来。因为极力地忍住发笑,她们几乎不能呼吸了。就在这时,巴恩斯神父敲了敲布道台,要开始布道了,她们不得不停止聊天。因为,她们要跟着人们站起来唱赞歌了。

甜美的主日学校,

于我,比最华丽的宫殿更珍贵,

小木屋的故事
Little House Books

> 我心中充满喜悦向着你，
> 向着我珍贵的主日学校！

大家在一起唱歌的感觉要比聊天更加快乐。当他们并排站在那里，翻开眼前的赞美诗，劳拉想，艾达就是这样一位珍贵又可爱的公主。

> 在这里，我自由飘荡的心啊，
> 生命的道路如此清晰，
> 在这里，我刚刚开始探索更美妙的生活，
> 终于得到了心灵的宁静殿堂！

劳拉嘹亮清脆的女高音，与艾达沉稳柔和的女低音相互配合，共同唱响《主日之家》：

> 我心里充满了欢乐向着你，
> 我最亲爱的安宁之家！

周末教堂里还有最令人欢乐的主日布道。虽然她们仅仅可以和主日学校的老师们探讨功课的问题，可是艾达与劳拉两个人可以相互微笑，在一起歌唱。主日学校结束的

快乐的金色年代
These Happy Golden Years

时候,她们只能来得及相互说声"再见"!紧接着,艾达就要陪同布朗夫人坐到离布朗牧师最近的第一排,听他讲那又长又枯燥的布道。

劳拉陪着爸妈和卡莉还有格蕾丝坐在一块。她心里已经把布道的内容一条不落地记住了,她一点都不担心回家后爸提问时答不上来,所以劳拉也不需要听得那么认真了。每当劳拉坐在教堂时,总会想到玛丽。从前,玛丽总是很风光地坐在劳拉身边,并且观察着劳拉的一举一动。每当想起她们曾经还是那么小的孩子,劳拉觉得很神奇,现在,玛丽已经到盲人学校去学习,并且在那里当了老师。劳拉想办法让自己尽量不去想布鲁斯特太太的房子和学校的事情。毕竟玛丽已经去了盲人学校,而且她已经可以赚四十美元,有了这些钱,玛丽明年自然可以继续留在盲人学校读书。只要你坚持不断地去做,可能什么事情都会有好的结局;如果你不去坚持,事情肯定不会发生改变。劳拉默默地在心里想着,只要能再管好克拉伦斯七个礼拜,一切都没有问题了。

这时,卡莉招了一下劳拉的手臂,提醒她。全体起立,一起唱《赞美诗》,礼拜结束了。

午餐美味极了。妈做了面包、黄油,还有烤豆子和腌黄瓜。大家边吃边聊,有说有笑,脸上都写满了轻松和开

047

心。劳拉说:"噢,待在家里真的很好。"

"糟糕的是,布鲁斯特家并没有让你感到舒服。"爸说。

"为什么这样说?爸,我并没有抱怨啊。"劳拉奇怪地问。

"我明白你没有发牢骚,"爸回答,"嗯,只要你坚持,七个礼拜并没有多长。你很快就可以回到家里了。"

收拾完餐具之后,大家一起坐在客厅里享受午后的时光,这样的生活是多么愉快啊。阳光透过窗户照进温暖的屋里。妈坐在摇椅上缓缓地摇着,卡莉和格蕾丝正在目不转睛地看爸的那本厚厚的书,书的封面是绿色的,名字叫作《神奇的动物世界》。爸正在给妈读《先锋报》上的新闻,劳拉轻轻拿起妈的那支镶着珍珠的羽毛状钢笔,趴在桌子上给玛丽写信。信中写到了自己的学校和学生。当然,她没有把自己不开心的事情写进去。钟表始终滴答滴答地响着,凯迪不时起身伸伸懒腰,并且得意地发出咕噜咕噜的声音。

写完信,劳拉来到楼上,把已经洗好的衣物装进妈给自己的小包。她拎着包下了楼,走进客厅内。到了离开的时候了,可是爸依然坐在那儿看报纸,好像没有看到劳拉。

快乐的金色年代
These Happy Golden Years

妈看了看时间，轻声地说："查尔斯，现在应该把马套在雪橇上了，否则真的会来不及了。我们家到布鲁斯特家，一个来回的路程很长，况且这个季节天黑得很早。"

爸翻了翻报纸回答："噢，不用着急，时间还早呢。"

劳拉和妈用奇怪的眼神互相看了一眼，然后一起看向时钟，接着又看向爸。爸依然没有理会，但是能看到他棕色的胡须下微微的笑意。劳拉坐了下来。

时钟还是在滴滴答答转个不停，爸仍然在悠闲地看报。妈几次欲言又止。终于，爸头也不抬地说："有人在替我发愁呢。"

"哎？查尔斯！我们的马没事吧？"妈吃惊地喊道。

"马好着呢，"爸说，"他们虽然没有年轻的时候那样矫健，但是跑上个十二英里来回，没有任何问题。"

"查尔斯……"妈没有什么办法，很无奈。

爸抬头盯着劳拉，眨了眨眼睛，说："或许用不着我亲自去送你了。"清脆的雪橇铃声从街道方向传来，声音越来越清晰，最后停在了门前。爸起身来到门口，把门打开。

"下午好，英格斯先生。"劳拉听到了阿曼乐·怀德的声音，"我正好顺路过来看看，劳拉是不是需要我送她去学校。"

"不要这么说,我确定劳拉想坐轻快的雪橇回学校。"

"时间不早了,没有毛毯会很冷的。"阿曼乐说,"我驾着雪橇去大街一趟,马上回来。"

"我会告诉她的,"爸回答道,同时回身把门关上,雪橇铃声渐渐远去,"劳拉,怎么样?"

"坐轻快的雪橇很好啊。"劳拉边说边把外套穿上,并且戴好了风帽。雪橇铃声再次出现了,停在门前的时候,劳拉几乎都没有来得及跟爸妈说再见。

"小提包别忘了拿。"妈说,劳拉回身一把抓上小包。

"谢谢,妈,再见。"她边走向雪橇边与妈道别。阿曼乐扶着劳拉坐上了雪橇,然后用被子把劳拉裹得严严实实。王子和淑女很快就出发了,所有的铃铛一起叮叮当当奏响了属于它们的音乐,劳拉也马上要回到学校了。

咬牙坚持

接下来的这个礼拜，每件事情都变得很糟糕，让人头痛。没有一件事情能够给劳拉精神振作起来。

天气十分阴冷，灰白的云朵悬挂在雪白的大草原上空，徘徊不定。风不停地刮着。冰冷的空气潮湿而黏稠。火炉中冒着阵阵的黑烟。

布鲁斯特太太不想干任何的家务。她没有打扫布鲁斯特先生带进屋的积雪，那些雪融化后，摊在火炉四周的地板上，形成了一滩滩污浊的水。她也不想整理床铺和被

子。除了将两餐的土豆和咸肉摆到桌子上之外,她就是坐着发呆。她连自己的头发都懒得打理,在劳拉看来,强尼在这个礼拜里一直发脾气,不停地吵闹。

有一回,劳拉打算和他玩,而他却不停地抓打她。然后,布鲁斯特太太就开始生气地大喊:"不要理他!"

吃过晚饭,他就趴在父亲的膝盖上睡了过去,而布鲁斯特先生也呆呆地坐着。整间屋子因为布鲁斯特太太的沉默而变得十分压抑。劳拉认为布鲁斯特先生坐在那里,就像木桩上的瘤。她以前听说过这种说法,但一直不明白其中的含义,现在她明白了。木桩上的瘤子不会制造麻烦,但是谁也奈何不了它。

这压抑的环境实在让人不舒服,劳拉艰难地自学着。当她回到床上睡觉的时候,听到布鲁斯特夫妇又吵了起来,布鲁斯特太太吵着要回东部。

总而言之,这让劳拉无法专心学习。她开始想到学校的事情,即使已经尽自己所能了,但一切还是显得很糟糕。

这糟糕的情形是从礼拜一那天开始的,汤米在拼写课上拼不出某个单词,于是就说是因为露比不给他看拼写课本造成的。

"怎么回事呢,露比?"劳拉惊讶地问。紧接着,向来乖巧、听话的露比瞬间变身成喷火龙。劳拉被吓了一

快乐的金色年代
These Happy Golden Years

跳,还没有来得及劝说,露比就和汤米就吵了起来。

劳拉强行让他们停下争吵。她来到汤米的座位边上,给了他一本拼写课本,"现在可以好好学习那一课了,"她说,"课间休息的时候,你可以单独留下,将单词背给我听。"

然而在第二天,露比没有按时完成她的作业。她犹如小猫一样无辜地站在劳拉面前,将手藏在身后,然后说:

"我没有别的方法可以学习那一课,老师,因为您将书给了汤米。"

劳拉还记得爸的教诲,做事要沉稳,想清楚再做,于是她从一数到十,这才开始说:"我的确是把书给了汤米,好了,现在你和汤米坐在一起,可以一起学习拼写了。"

那本书上,他们要学的课程内容不是一样的,但是他们可以根据自己的需要翻到自己正在学的内容——在这一面,汤米可以学到他需要学的那一课,另一面,露比可以翻到她需要学的那些内容。在进度不一样的情况下,劳拉和玛丽也曾经用这样的方法来学习妈的那本拼写课本。

但是汤米和露比无法这样做。他们一声不吭地坐着,用力拉扯着各自需要的那部分。他们接二连三地拉扯,让劳拉实在是忍无可忍,便大声呵斥道:"汤米!露比!"但是,兄妹两个就是不能坐在一块学习拼写。

玛莎解不出她的数学题。而查尔斯也盯着窗户发呆，但是那儿除了能看到灰白的天空之外，什么也没有。当劳拉嘱咐他要专心看课本的时候，他就盯着某一页发呆，好像在做梦一样。劳拉知道他根本就没有在看书。

劳拉年纪太小了。当玛莎和查尔斯还有克拉伦斯站在她前面背书的时候，她觉得压力不小。尽管她煞费苦心，但是依旧不能让他们对学习充满兴趣，就连地理和历史也同样如此。

礼拜一背诵历史的时候，克拉伦斯对于一些历史问题还是能够回答出来的，但是当劳拉问及弗吉尼亚州的第一个垦荒区是什么时候出现时，他就显得有些心不在焉，说"噢，我没有学到这些内容。"

"为什么没有学呢？"劳拉问。

"课文内容太长了，"克拉伦斯回答，脸上露出促狭的笑意："那么，你打算如何惩罚我呢？

劳拉生气极了，但是当她和他的目光对视时，劳拉还是想通了，他正在等着看她发火呢。她能做什么？她又奈何不了他，他个头又高又壮。她得憋住自己的怒火。

所以，当她静静地翻着历史书，假装想解决的办法时，其实觉得很无助，但她不能让他们有所察觉。后来，她还是开口说："你没学习这些内容，这真是糟糕啊！你下

快乐的金色年代
These Happy Golden Years

一节历史课会变得更加长,因为,我不可能让玛莎和查尔斯也重新学习一遍。"

她继续听查尔斯和玛莎背课文,然后教他们读另一篇简短的课文。

结果,第二天的历史课上,克拉伦斯竟一点儿也回答不上来,他说:"这些都是理论性的东西,到头来一点用处也没有。"

"如果你不能坚持学习,克拉伦斯,你就是个失败者。"劳拉告诫他。劳拉开始向他提问,希望他从自己回答的"我不知道"中感到羞耻。但事实上,他却一点也没有意识到这有什么羞耻的。

每天,她都觉得自己更加失败、更加悲哀。她感到自己几乎无法在这所学校继续教书了。她第一次觉得自己教书教得那么的失败,肯定拿不到证书的。当她赚不到钱后,玛丽就只能离开盲人学校,而这一切都是自己的错。劳拉几乎静不下心来学习自己的功课。尽管她不仅利用晚上的时间,中午及课间休息的时间也在学习功课,但是,当她再回到小镇上的时候,她的功课还是会排在同学们的后面,劳拉这样觉得。

劳拉认为这一切的麻烦都是克拉伦斯引起的。如果他愿意的话,就可以看管好露比和汤米,负起他这个做哥哥

055

的责任，他在学习这块肯定不会有什么问题，因为他比玛莎和查尔斯还要聪明一些。

劳拉真希望自己是个强壮的大块头，这样她就能有足够的信心处罚克拉伦斯了，他得挨顿揍才行。

这个礼拜让人觉得拖拖拉拉，过得很慢。这是劳拉过得最漫长、最糟糕的一个礼拜了。

周三那天，当劳拉喊"第三册算数班，起立！"时，克拉伦斯倒是反应迅速地站了起来，而查尔斯却慢悠悠地挪动了一下，玛莎还没有完全站直，突然"嗷"地大叫一声，然后犹如抽筋般痛苦地跌坐下去。

原来是克拉伦斯拿小刀将玛莎的辫子钉在课桌上。他偷偷地将这个恶作剧做完，玛莎一点也没有察觉，直到她站起来的这一刻。

"克拉伦斯！"劳拉怒斥道。而他还在开怀大笑，汤米也在大笑，露比则咯咯地偷笑，就连查尔斯也咧嘴大笑。玛莎红着脸趴在桌子上，泪珠瞬间充盈了整个眼眶。

劳拉感到极度的绝望。他们都不听她的话，她也管不住他们了。天呀，他们怎么会如此恶劣，就在那顷刻之间，她脑海中浮现出怀德小姐——在小镇上无法继续教下去的老师。或许这就是她以前有过的感受吧，劳拉心里想。

快乐的金色年代
These Happy Golden Years

突然，劳拉怒气冲天，她用力地将桌子上的小刀拔出，并将小刀折合起来。当她和克拉伦斯对视的时候，她不再觉得怯懦。"你的行为真让人觉得可耻！"她说。他停止了笑声，大家也安静了下来。

劳拉冲上讲台，敲打着讲台说："第三册数学班，起立，全部站到前面来。"

他们虽然没有好好学，也不会解答那些数学题，但是他们都在尝试着解决。劳拉有点不敢相信，心中难免还有点心慌，没想到他们现在这么听话。最后她说："你们可以明天再背诵课文，下课。"

劳拉朝让人讨厌的布鲁斯特太太家走去，那时候劳拉觉得很头疼。她不能够老是发火，如果学生都没有用心学习，老是惩罚又有什么用呢？露比和汤米在拼写上明显落后了许多，而玛莎如今连一个简单的复合句也分析不了，更不用说做分数算数了；查尔斯没学过任何的历史。劳拉只能安慰自己相信明天会更好一些。

周五那天没有什么特别的。大家都显得缓慢而懒散。他们都在期待这个礼拜能够尽早结束，劳拉也是如此。

但他们又感觉时钟从未走得如此缓慢。

下午的时候，乌云逐渐消散，光线渐渐变亮。就在接近四点钟的时候，明晃晃的日光散落在雪地上折射向东

边，劳拉模模糊糊地听到了雪橇铃声。

"将你们的课本收拾起来。"她说，噩梦般的一周终于结束了，现在，应该不会再有令人讨厌的事情发生了，"放学吧！"

叮叮咚咚的雪橇铃声逐步在靠近，越来越响亮。当王子和淑女带着摆动着的铃铛从窗前跑过的时候，劳拉刚好将大衣穿好，戴好帽子。她刚抓过课本和饭盒，这个时候糟糕的事情发生了。

克拉伦斯将头伸到门外，喊道："那是老师的男朋友啊。"

阿曼乐·怀德肯定听到了。他怎么可能会听不到呢？劳拉不知该如何面对他，她又该说些什么呢？她怎么跟他解释说自己并没有做出什么事情让克拉伦斯这样去说呢？

他正顶着呼啸的寒风等待着她，马儿身上都盖上毛毯了，她得赶紧出去。她似乎能看到他微笑的面庞，但是她却不敢抬头去看。他将她领入雪橇，接着问道："暖和吗？"

"很暖和，谢谢你。"她回答。马儿飞驰着，系在一起的铃铛欢快地响着。劳拉觉得没有必要说劳拉伦斯的事情了，如同妈讲的那样"辩解越少，复原越快。"

管理的学问

那天晚上，回到家后，听到爸拉着小提琴，劳拉觉得心里舒坦多了。她想，现在已经过去两个礼拜了，仅剩下最后的六个礼拜了，她只要继续努力就会熬过去的。演奏停止了，爸问："碰上什么麻烦的事情了吗，劳拉？难道你不想说出来吗？"

她不想让他们为她担忧，所以她没有打算说出这些不开心的事情。但是，她却这样说："噢，爸，我不知道如何去解决一些事情。"

她将这一周在学校发生的种种不愉快的事说了出来。

"我该怎么处理呢？"她问，"我需要做点什么，我不想让自己就这样被打败，但我又觉得失败离我不远了。只要我自己再高点，就能对付克拉伦斯了。这是他逼我这么干的，我一点也不希望这样。"

"你可以让布鲁斯特先生帮你的忙，"卡莉提议道，"他会有办法让克拉伦斯变乖的。"

"噢，但是卡莉！"劳拉拒绝，"我怎么可以和校董说我无法管理好学校呢？不，我不能这样做。"

"你已经说出重点了，劳拉！"爸说，"所以，解决办法的奥秘就是那个单词——管理。就算你拥有高大的个头，有能力让克拉伦斯得到相应的惩罚，但是未必能够取得很好效果。暴力是解决不了问题的，你要清楚，每个人都生而平等，就像《独立宣言》里所说的那样。你可以将马牵到河边，但是无法逼迫它喝水。无论好还是坏，除了克拉伦斯本人外，没有人能够支配得了他的行为，你需要做的就是管理罢了。"

"说得对，我明白了，爸，"劳拉说，"但我怎么去管理呢？"

"好吧，首先，要拥有耐心，尽量站在他的角度去看待问题。最好不要怀着去支配他的思想，因为你无法做到。在我看来，他不是一个品行不正的男孩。"

"是的，他不是。"劳拉赞同，"我想，也许是因为我不知道如何去管理他。"

"如果我换做是你，"妈轻轻地说，劳拉突然想起，妈也曾经当过老师，"我不会再跟克拉伦斯斗下去，而且不再去关注他。因为他希望能得到你的关注，所以他就故意这个样子。要不，你对他温柔一点儿，和蔼一点儿，但是注意力要集中在其他的孩子身上，并且对他们要更加严格。也许，这样克拉伦斯会有所变化的。"

"就是那样，劳拉，按照妈说的做绝对没有问题。"爸说，"对付他就要既像对待蛇那样狡猾，又要像对待鸽子那样温柔。"

"查尔斯！"妈微微一笑。爸拿起小提琴，自豪地对着妈弹奏，开始唱道：

> 她能做出樱桃馅饼？
> 比利男孩，比利男孩，
> 她能做出樱桃馅饼吗？
> 动人的比利。

周日的下午，劳拉乘坐着轻便的雪橇穿梭在洒满阳光

的雪地里，阿曼乐·怀德对她说："回家过周末，让你看上去精神了不少啊！现在我可以清楚的知道待在布鲁斯特家是一件多么痛苦的事情呀！"

"这次是我第一次当教师，也是第一次离家这么远。"劳拉回答，"我很想家。但真的很感谢你能够驾着雪橇，跑到这么远来接送我。"

"我非常愿意。"他说。

他这样的回答是出于礼貌，在劳拉看来，这么漫长而寒冷的路上能得到什么乐趣呢。因为天气太过严寒，所以他们一路上很少说话，并且劳拉清楚自己不是一个有趣的人，她向来不知道找什么话题和一个不熟悉的人聊天。

在凛冽的寒风中，马儿只有不断地跑动起来，才能够在寒风中立足。所以，当他们抵达布鲁斯特家的时候，雪橇只能停留一会儿，也就是劳拉从雪橇里走出来那么点的时间。当马儿再次开始奔跑的时候，阿曼乐用带着手套的手触碰一下帽子，在清脆的雪橇铃声中，向劳拉喊了一声："再见了，礼拜五再会！"

劳拉觉得内心有点过意不去。她并不希望他每周都跑这么长的一段路来接送她，也希望他不要认为这是她所希望他做的。当然，他应该不是在想着……呃，当她的男朋友吧？

快乐的金色年代
These Happy Golden Years

她几乎已经适应了布鲁斯特太太那令人讨厌的房子。她只需要忘掉那一切，而且她真的做到了，所以她在回到床上休息前，继续坚持学习。到了早上，她将床铺整理干净，随便吃了点早餐，然后将餐具洗干净，就去学校了。现在，仅剩下六个礼拜了。

礼拜一的早上，就如同上礼拜五结束时一样让人郁郁寡欢，他们又开始了一周的学习。这次劳拉下定决心要将现状改变，而且得立刻行动起来。

当汤米不流利地读着课文时，她微笑地鼓励他："你这次比上次好多了，汤米。你应该得到奖励。你愿意去黑板上将课本上的拼写单词摘抄下来吗？"

汤米笑着答应了，劳拉递给他一本拼写书和一根新的粉笔。将单词抄写完后，劳拉还借机表扬了他的笔迹，并告诉他，现在他可以在板上学习拼写了，然后又将拼写书递给了露比。

"你的朗读也非常不错！"她对露比说，"所以，明天我同样也希望你能够到黑板上摘抄单词，好吗？"

"噢，我十分乐意，老师！"露比激动地回答，劳拉心想，太棒了，将一个问题解决好了。

克拉伦斯慌慌忙忙地将自己的课本弄到地板上，然后拉扯了玛莎的头发，但是劳拉记住了妈给的建议，没有理

063

会他。可怜的玛莎对于语法一窍不通,对于复合句和复杂句感到很困惑,她已经对理解这些失去了信心。她只会回答:"我不知道,我不知道。"

"你需要将课文通读一遍,玛莎。"劳拉不得不说,然后又鼓励她,"我自己也很想再温习一遍,因为我正想着努力追上小镇同学的学习进度。说实在话,语法真的很难,但是如果你愿意的话,我们可以利用中午的时间一起学习,你觉得可以吗?"

"好的,我很乐意。"玛莎回答。

所以,等中午吃完饭后,劳拉将语法书捧起,问:"可以开始了吗,玛莎?"玛莎冲她微笑。

接着克拉伦斯问道:"这就是你老是在不断学习的原因吗?为的就是能够追上小镇同学的进度吗?"

"是的,我晚上也会学习,但是现在在这里我也得学习。"劳拉回答。劳拉经过他的身旁,然后朝着黑板走去,克拉伦斯朝她吹了一声口哨"咻!"劳拉没有去理会他。

她站在玛莎的身旁指导,直到玛莎能在黑板上分析出一个复合句。玛莎说:"我终于明白了!以后我再也不会那么害怕背语法了!"

也许这就是原因吧,劳拉心想。玛莎一直以来这么害怕语法,以至于她对语法一窍不通。

快乐的金色年代
These Happy Golden Years

"不要害怕它们，"劳拉说，"只要你乐意，我会很乐意帮助你，和你一起学习功课的。"当玛莎开口回答的时候，她棕色的眼睛笑起来就像艾达那样："我乐意偶尔这么干，谢谢你！"劳拉多希望自己不是老师，因为她和玛莎同龄，也许她们可以成为一对好朋友。

她已经想好怎么对付克拉伦斯的历史课了。克拉伦斯的历史课远远地落在查尔斯和玛莎的后面，但是，劳拉没有打算问他任何问题，所以他也没有回答问题的机会。当她布置下节课的内容时，她总是在强调："这个不是布置给你的，克拉伦斯。这课文对你来说实在太长了。让我看看，你比他们学习的内容落后多少页了？"

他向她展示，然后劳拉说："你觉得自己能学习多少？三页对你来说是不是太多啦？"

"不多。"他回答。他没有反驳，也没有什么好反驳。

"那好的，下课。"劳拉说。她很好奇克拉伦斯会怎么做。到目前为止，爸和妈的建议都很奏效，但是对克拉伦斯会有效果吗？

第二天，劳拉也没向他提问，但是他看上去对那三页的知识掌握得很好。查尔斯和玛莎比他多学了九页的内容，劳拉又给他们多布置了七页，并且对克拉伦斯提议："你多学三章，怎么样？只要你愿意，就再学三章吧。"

065

"没有问题啊。"克拉伦斯说。这次,他向劳拉展示出友好的微笑。

她感到很诧异,差点就忍不住回给他一个微笑,但是她很快就说:"如果你觉得太多的话,还是可以少学一点儿的。"

"没有一点问题。"克拉伦斯重复一次。

她开始适应这日复一日的生活模式。在寒冷的早晨,安安静静地吃上一顿早餐,然后哆嗦着身子走路去寒冷的学校。紧接着就是几轮背诵。休息和中午将时间分成四个部分。再接着,顶着寒风踱步回到布鲁斯特家,吃一顿沉闷的晚餐,然后进行一个晚上的学习,最后回到自己狭窄的沙发床上睡觉。布鲁斯特太太总是一副郁郁寡欢的样子,她现在已经很少和布鲁斯特先生吵架了。

这个礼拜就这样结束了,又到了周五。当历史课进行到上前背诵时,克拉伦斯说:"你会听到我能背诵出和玛莎还有查尔斯一样进度的内容,因为我赶上他们的进度了。"

劳拉感到很惊讶,大声问道:"你是如何做到的,克拉伦斯?"

"你可以利用晚上的时间学习,我也可以呀。"克拉伦斯回答。

劳拉再次冲他笑了一下。如果不是因为是他的老师,

快乐的金色年代
These Happy Golden Years

劳拉几乎要喜欢上他了。他那双褐色的眼睛总是闪烁着智慧的光芒，如同爸的眼睛那样。但是，她可是老师。

"太厉害了。"她说，"现在，你们三个可以在一起继续往下学习了。"

到了下午四点钟，传来了雪橇叮当作响的铃铛声。克拉伦斯又开始大声喊道："老师的男朋友来啦！"

劳拉的脸变得通红的，赶紧说："赶快收好你们的课本，现在放学了。"

她担心克拉伦斯会再次喊出来，但是他没有，他竟老老实实地带着汤米和露比回家去了。劳拉将学校的门锁好，转身时，再次被阿曼乐拉进了雪橇。

黑暗中的刀

　　第三个礼拜刚过去,第四个礼拜就接踵而来。现在,就剩下最后的四周时间了。即使每天早上,劳拉会为马上要面对的教书生活感到难受,但这和待在布鲁斯特家比还是要好受一些。每天一到下午四点,劳拉都会长舒一口气——又过去了一天!

　　最近没有出现暴风雪天气,但是二月的天气依旧严寒,寒风如同刀子一样,刮在人们的脸上。每到周五,阿曼乐·怀德就会驾着雪橇,赶很远的路来接她回家。如果

快乐的金色年代
These Happy Golden Years

不是还有周末值得等待，劳拉都不知道还能找到什么理由支撑着她熬过一个礼拜的时间。但她对阿曼乐感到很愧疚。他不计回报，不管天气多严寒都会来接送她。

劳拉有多么想回家，她内心就多么不想欠人人情。和阿曼乐待在一起时，她只希望能够尽快赶回到家去，但是他却不知道。也许，他还希望劳拉回到家后还能依旧来坐他的雪橇。但是，她不想欠他人情，更不希望欺骗他，不公正地对待他。她想还是有必要跟他讲明，但是，却不知如何开口。

到家后，妈十分担心，因为劳拉又消瘦了许多。"你在布鲁斯特家能填饱肚子吗？"妈问。劳拉答道："恩，吃饱了，而且吃很多，只是饭菜没有家里的可口。

爸说："劳拉，你要知道，你没有必要坚持完一整个学期，如果遇上什么烦心的事情，欢迎你随时回家。"

"怎么这么说呢，爸？"劳拉说，"我不能半途而废的，这样我就得放弃另一张证书了。并且，现在仅剩下三个礼拜了。"

"我是担心你吃不消。"妈说，"你看上去睡眠不足。"

"我每天九点就准时入睡了。"劳拉向妈保证。

"行吧，那就像你说的那样，再坚持最后三周吧。"妈说。

没有人能够明白她是有多么不愿意回到布鲁斯特家去，但就算跟他们说了也没什么好处。她在家过完周六，就相当于养精蓄锐，让她再度精神抖擞地面对下一周，还有，老是麻烦阿曼乐·怀德这么多，对他有点不公平。

周日下午，他又将她送回布鲁斯特太太家。长路漫漫，而他们却不怎么说话。天气实在是太冷了，冷得让人不想开口了。叮当作响的雪橇铃声好像要被严寒冻住了。轻便的雪橇在雪地上快速地穿梭，身后紧随的北风也没有那么的刺骨，但是，她很清楚，回小镇的路上，寒风还是会迎面扑来。

在离布鲁斯特家的小屋还有点距离的时候，劳拉暗暗给自己打气说：不能再等了！紧接着就脱口而出："我乘坐你的雪橇只是为了方便回家。当我到家后，我就再也不会和你出去玩了。现在你应该清楚了，如果你不想再继续这段漫长而寒冷的路程，你随时可以不来。"

当她说完，她才知道自己的这些话是多么伤人，听起来多么粗鲁，多么令人讨厌。与此同时，她也能想到，假如阿曼乐不再来接她后意味着什么，那她就不得不待在这里，和布鲁斯特太太一起度过整个周末了。

阿曼乐十分惊讶，缓慢地回了一句："我知道了。"

没有多余的时间让他们继续说话，因为他们已经到了

快乐的金色年代
These Happy Golden Years

布鲁斯特太太家门口。马儿不能停下太久,于是,劳拉赶紧跳下雪橇,说了句:"谢谢你!"他用手整理了一下皮毛帽,就驾着雪橇快速走远了。

"仅剩下三个礼拜的时间了。"劳拉自言自语。但她难免还会觉得有点难过。

整整一个礼拜,天气变得愈加严寒。周三早上醒来的时候,劳拉发现鼻子周边的被子都结冰了。她的手指也失去了知觉,很难将衣服穿好。在另一间房间里,火炉的盖子被烧得发红,但是就算如此,这温度也无法穿透四周冰冷的空气。

劳拉刚将冻僵了的手放在火炉上准备暖和一下,布鲁斯特先生就冲了进来,然后将靴子脱掉,开始疯狂地摩擦自己的双脚。布鲁斯特太太赶紧走到跟前。

"噢,路易斯,怎么回事呢?"她很焦急,劳拉也很惊讶。

"我的脚,"布鲁斯特先生说,"我从学校一路赶回来,脚已经被冻僵了。"

"让我看看。"他的妻子说。她将他的双脚放到自己的膝盖上,开始帮他揉搓。她看上去是那么担心,是那么温柔,就如同变成了另一个女人一样。"天呀,路易斯,这个恐怖的地方!"她说,"噢,我将你弄痛了吧?"

"继续吧，"布鲁斯特先生嘟囔着，"有感觉了，好像感受到血液的流动了。"

当他们将冻僵的双脚挽救回来之后，布鲁斯特告诉劳拉当天不用去学校了，他说："你会冻僵的。"

劳拉拒绝了："但是孩子们还是会来的，我必须得待在那里。"

"我不觉得他们会去，"他说，"我为他们生了火，如果他们真的来了，也可以暖一下身子再回去。今天可以不用上课。"他断然决定。

就这么决定了，因为老师得服从于校董的决定。

这是一个让人觉得漫长而糟糕的一天。布鲁斯特太太躺在乱成一团的被子里，阴沉沉地一动不动，陷入沉思之中。布鲁斯特先生的脚还疼，而强尼则一点也不安分。劳拉顶着刺骨的寒冷将餐具洗好，铺好床，然后开始学习了。当她想说点什么的时候，沉默的布鲁斯特太太将一切话语都终结了。

终于熬到了睡觉的点儿。劳拉十分希望明天能够回到学校。就在这会儿，她也希望通过入睡来逃避眼前的一切。卧室里冷得不得了，劳拉有点喘不过气了，手也被冻僵了，脱衣服都成了一件困难的事情。有这么一小会儿，她觉得冷得睡不着，但又慢慢温暖起来。

快乐的金色年代
These Happy Golden Years

突然,一声尖叫声惊醒了她,布鲁斯特太太尖叫着:"你踢我!"

"我没有,"布鲁斯特先生说,"但是我会踢回去的,如果你再不把刀具放好!"

劳拉一下子坐了起来。月光从窗户外边照进了,散落在她的床上。布鲁斯特太太又尖叫了一声,这失去理智的声音让劳拉头发发麻。

"把刀放到厨房里去。"布鲁斯特先生大声说。

劳拉透过帘子的缝隙偷看着外边。月光透过印花棉布,照进黑暗的房间,让房间稍微有了点亮光。劳拉看到布鲁斯特太站在那儿。她白色的法兰绒睡袍拖在地板上,黑色的头发披在肩头,双手高举过头拿着一把刀。一种从未有过的恐惧感涌上劳拉心头,她害怕极了。

"我要回家,一条路回不去,我就走另一条路!"布鲁斯特太太说。

"先将刀放下来。"布鲁斯特先生说。他站在那一动不动,但是,看上去很紧张。

"你走还是不走!"她质问。

"你会被冻死的!"他回答,"都到这个时间了,我不想再继续讨论这个问题。我得养活你和强尼,全世界我只有这个放领地。在你被冻坏以前,先回到床上去。"

073

布鲁斯特太太紧握着刀柄，刀子没有之前那样颤抖了。

"把刀子放回厨房去。"布鲁斯特先生命令她。

过了很长一段时间，布鲁斯特太太才转身去了厨房。还没等他回到床上，劳拉就赶紧将帘子拉好，然后小心翼翼地将被子蒙过头，目不转睛地盯着帘子。她被吓坏了，以至于不敢睡觉。她担心睁开眼睛的时候看到布鲁斯特太太正拿着刀站在她的面前，那会怎样呢？布鲁斯特太太确实不怎么喜欢她。

她该怎么做呢？离这里最近的房子也在一英里外的地方，在这么严寒的天气里，如果她打算走过去的话，那一定会被冻死的。她脑子里愈发地清醒起来，紧盯着帘子，聚精会神地听着。除了风声，什么也听不到。月亮已经沉了下去，她凝望着夜空，直到窗边出现冬季灰暗的晨光。当她听到布鲁斯特先生正在生火，而布鲁斯特太太在准备早餐的时候，她便起床穿好衣服。

一切和往常没什么两样。早餐也和平常一样安静。劳拉想尽快离开布鲁斯特家，往学校赶去。那一天，她觉得学校是个安全的地方。礼拜五又到了。

风还在呼啸着，幸运的是，没有下暴风雪，但狂风将地上的积雪颗粒从屋子北边及西边的门缝里吹进屋子里。

快乐的金色年代
These Happy Golden Years

寒风从四面涌了进来，屋子里太冷了，燃烧的煤炭并没有提供多少热气。

劳拉示意准备上课了。虽然她就站在火炉旁边，但她的双脚早已经被冻僵了，手指冻得连笔都抓不紧。劳拉清楚地知道，孩子们坐的地方更冷。

"你们还是先将外套穿好吧！"她说，"大家都站到这暖炉边上来。你们可以轮流到最前排来坐，或者站在火炉边上取暖。尽量用心学习。"

整整一天，大雪从草原上肆无忌惮地扫过，又穿过教室木板墙的缝隙刮进了教室里。水桶的边沿结上了冰。到了中午，他们只能将饭盒放在火炉上烘烤，把冰融化掉，然后才能吃午餐。冷空气在逐渐加强，温度越来越低。

让劳拉感到高兴的是，学生们个个都很听话，每个人都很乖，没有人借机捣乱或偷懒，也没有人讲小话。他们都安静地围坐在火炉边，认真地学习，冷了就转过身，背着火炉取暖，并且他们在背书的时候都很用心，背得比平时都要好。查尔斯和克拉伦斯俩人轮流走到外面，顶着寒风从箱子里拿些煤炭添到火炉中，确保炉中的火旺盛。

劳拉对即将结束的白天感到畏惧，她害怕回到那所房子。她感到很疲劳，也清楚自己需要补充睡眠，但是一想到和布鲁斯特太太共处一室就感到畏惧。明天和周日都

得和布鲁斯特太太共度，整整两天的时间呢。而大多数时候，布鲁斯特先生也只会呆坐在那里。

她安慰自己，不能感到恐惧。爸时常鼓励她永远不能退缩。也许不会发生任何异常的情况。她没有害怕布鲁斯特太太，她就像一匹法国小马那样灵活而健壮。对，就是这样的，但那是她醒的时候啊。她从未有这么地渴望回家。

跟阿曼乐说出事实是对的，但是她真希望自己没有这么早说出来。不管怎么说，他是不可能再驾着那辆轻便的雪橇，顶着严寒跑到这么远的地方了。寒风愈加猛烈，天气也愈加寒冷。

到了三点半，他们每个人都被冻透了，劳拉想还是早点放学好了。玛莎和查尔斯还要走一英里路才能回到家。对此，她有点担心。而另一方面，她不想减少他们学习的机会，毕竟这不是暴风雪。

突然，她听见雪橇的铃铛声。是它们来啦！一分钟后，他们就站在门口。王子和淑女从窗边呼啸而过，克拉伦斯又开始大叫起来："那个怀德先生真是个笨蛋，比我想象中还要笨。这种天气他竟然也来。"

"大家赶紧收拾课本吧。"劳拉说。外面实在太冷了，马儿站在门外停太久可不是什么好事。"气温越来越低，你们还是尽早回家吧。"她说，"放学！"

冒着严寒前进

"小心点,这儿有个灯笼。"把她拉近雪橇的时候,阿曼乐对她说。座位下垫着几张毛毯,而在椅子末端,有一张毛茸茸的野牛皮袍子,在它的下面有个灯笼就放在劳拉的脚旁,将那里烤得暖烘烘的。

当她冲进那栋房子的时候,布鲁斯特先生对她说:"你该不会打算在这种天气里乘坐雪橇吧?"

"是的。"她边回答边走。回到卧室后,她套上了她的另一件法兰绒裙子,然后在靴子外边又多加了一双羊毛长

袜，然后再把自己黑色的厚羊毛面罩对折了一下，将脸颊和风帽足足围了两圈，然后在喉咙的位置打了个长结，再将围巾围上，然后在胸口那再打一个结，最后又裹上了一件外套，这才冲着雪橇跑去。

布鲁斯特先生站在那里，建议说："你们这样做的话，有点儿犯傻。"他说，"这样很不安全，让他在这儿住一个晚上吧。"他对劳拉说道。

"你想挑战一下吗？"阿曼乐问她。

"那你打算回家吗？"她反问他。

"是的，我会格外注意的。"他说。

"那好，我愿意和你一起回去。"她说。

王子和淑女很快出发了，它们顶着风雪快速地奔跑着。寒风透过层层叠着的羊毛衣物，把劳拉冻得喘不过气。她埋着头顶着风，那感觉如同刀子划在她的脸上和胸膛上。她紧闭着嘴巴，避免冻得牙齿打架。

马儿热血沸腾地狂奔，马蹄不停地敲打着坚硬的雪地，如同击鼓时发出的咚咚声，铃铛也跟着响了起来，如同在演奏着欢乐的曲谱。劳拉心中无比激动，按照这速度，不用太久他们就能够摆脱严寒回到家了。过了一会儿，马儿的步伐减慢，她开始有些担心。随后，马儿竟在雪地上慢悠悠地走着。她心里猜想也许是阿曼乐想让马儿歇会儿。顶着这么寒冷的天气奔跑，估计马儿也难以承受。

接着，阿曼乐停下了马，走出雪橇。劳拉感到很奇怪。透过厚实的黑色羊毛围巾，她能够依稀看到他走到低着头的马儿跟前，用带着手套的手指抚摸王子的鼻子。她听到他对它说："不要着急，王子。"没一会儿工夫，他开始做一个甩手的动作，紧接着王子突然将头抬高，以至它身上的铃铛叮叮当当响了起来。很快阿曼乐也在淑女的鼻子上做了一套同样的动作，直到淑女也仰起了头，阿曼乐才重新回到雪橇上，继续赶路。

劳拉嘴巴周边的面纱上结了一层厚厚的霜，这让她不好开口说话，所以她沉默着，但内心却非常好奇。阿曼乐的毛皮帽子戴得很低，遮住了他的眉毛，而围巾也一直包到眼睛的下面。他呼出的气体形成了白色的雾气，围巾的边缘也结了一层冰霜。他一只手驾着车，另一只手紧按着毛毯。两只手就这么交替着，避免两只手被冻僵。

马儿又再次放慢了脚步，阿曼乐也再次离开雪橇，将手放在马儿的鼻子上。当他再回到雪橇的时候，劳拉按捺不住地问他："怎么回事呢？"

他回答："它们呼出的气在鼻子上结了冰，导致呼吸困难，得将冰擦掉。"

之后，他们没有再说什么。劳拉回想起那个漫长的冬季，十月的那场暴风雪让牛群呼出的气息瞬间结成了冰。如果当时不是爸将牛群鼻子上的冰擦掉，估计那些牛就全死了。

天气实在是太冷了，寒气透过野牛袍子，侵袭劳拉的毛线外套，再钻进她的法兰绒裙子里，然后寒气钻进到她法兰绒连身衣裤套着的两条羊毛长袜里。虽然灯笼给了劳拉不少温暖，但是她的双脚和双腿还是慢慢变冷。她紧紧地咬住牙齿，咬得下巴酸疼，太阳穴都开始感到刺痛。

阿曼乐伸过手来，将野牛皮袍子拉高点儿，然后紧紧地搂住劳拉的胳膊。

"很冷吗"他问。

"不是很冷。"劳拉口齿清楚地回答。为了不让牙齿打战，她也只能说出这句话。但这肯定不是真话，而他明白，她说的话意思是，虽然很冷，但还可以坚持住。除了加快步伐，他们已经没有别的选择了，而劳拉心里清楚，他也很冷。

他又一次停下了马儿，走出雪橇，顶着严寒帮马儿擦掉结在鼻子上的冰。马儿再次欢快地奔跑起来了。伴着呼啸的寒风，这会儿的铃铛声听起来真让人觉得残酷。虽然厚厚的面纱遮住了她的视线，但她还是看得到余晖散落在雪白的大草原上。

阿曼乐再次回到雪橇上。

"还行吗？"他问。

"嗯。"她回答。

"每跑两英里路，我就得下来一趟。它们只能坚持这么远。"他对劳拉说。

劳拉的心情有些低沉，照这样的话，他们才跑了六英里的路，还有六英里的路要赶。他们顶着刺骨的寒风继续前进。虽然劳拉尽力克服，但身体还是不由自主地颤抖起来。她紧紧并拢着双腿，但还是不能阻止颤抖。皮毛毯下摆着的灯笼，好像也不能带来温暖了。她的太阳穴如同风针扎般疼痛，肚子也好像打了结，痛得厉害。

好像过了很久，马儿又停了下来。阿曼乐将马儿停好。后来铃铛又开始响了起来。王子的先响，然后才是淑女的。然后，阿曼乐慢慢地回到雪橇。

"还行吗？"他问。

"还好。"她回答。

她慢慢适应了寒冷，感觉没有那么痛了，只是肚子那儿还是紧绷着，但是痛感没有刚才厉害了。呼啸的寒风与铃铛声、雪橇与雪地摩擦出的声音融会在一起，犹如一首单调的小曲，让人欢快不起来。她感觉阿曼乐又下雪橇，

去帮马儿刮掉冰，但这时她的感觉很模糊，犹如一场梦那样朦朦胧胧。

"还可以吗？"他问。她只是点头。连说话都变得困难了。

"劳拉！"他大声喊着，搂住她的肩膀，轻轻地摇晃着她，晃得劳拉头疼，她又清醒了一些，又一次感觉到了寒冷。"你困了吗？"

"有一点儿。"她回答。

"不要睡，能听到我在说什么吗？"

"我不睡。"她回答。她理解他的意思。倘若你在这严寒的天气里睡着了，就很有可能在睡梦中被冻死。

马儿又一次停下来了。阿曼乐问："舒服一点儿没有？"

"嗯。"她回答。他下去将马儿鼻子周边的冰刮掉。回到雪橇上的时候说："快了，咱们快到家了。"

她知道他希望听到自己回应他。于是，她回了一句"好的。"尽管她努力睁大眼睛，和睡意做着斗争。她晕乎乎地摇摆着脑袋，大口吸入冰冷的空气，挣扎着保持清醒，但是睡意还是一波又一波地来袭。每当她快坚持不住的时候，阿曼乐的声音都会让她惊醒过来。她听到他问："还好吗？"

"好。"她回答,这样她就又可以清醒一小会儿了,她能听到雪橇铃声和呼啸而过的风声。接着,睡意再次袭来。

"我们到啦。"她听见他高呼。

"好。"她回答。接着她感觉进入她们家后门了。后门的风没有那么强劲,风的势头也被第二大街另一栋建筑阻拦了一些。阿曼乐拿起毯子,她尝试走出雪橇,但是被冻僵了,连站都站不起来了。

忽然,大门打开了,妈一把将她揽入怀中。惊呼道:"天呀!你冻僵了。"

"她估计被冻到了"阿曼乐说。

"在马儿还没有被冻到前,你得赶紧带它们去避避风。"爸说,"我们会照顾好她的。"

雪橇铃声走远了。在爸和妈的搀扶下,劳拉跌跌撞撞地走进了厨房。

"把她的靴子脱掉,卡莉。"妈边帮劳拉摘掉由纱札羊毛织的风帽,边吩咐卡莉。她呼出的气在帽子上结成了冰,被连同帽子一块取了下来。"你的脸色还是红晕的,"妈松了一口气,说,"感谢上天,还不是冻僵的苍白。"

"我只是被冻得失去了知觉。"劳拉说。她的脚也没有完全被冻住,虽然爸在帮她摩擦的时候她几乎感觉不到,

但是现在坐在这温暖的房子里,她开始从头到脚打颤,牙齿也直哆嗦。她紧挨着坐在炉子边上,喝着妈用滚烫的热水泡着的姜水,但还是没有让她暖和起来。

她被冻得太久了,从早上就开始受冻了。坐在布鲁斯特家的厨房时,她的位置离火炉实在是太远了,并且还挨着窗户。然后,她又顶着寒风走了一段长路才到学校,路上的寒风儿从她裙子的下摆往上灌。到校后还要忍受难熬而寒冷的学校生活。再加上后来又赶了这么长远的路回家。但是她并没有抱怨什么,因为她已经回到家了。

"这实在是太冒险了,劳拉,"爸严肃地说,"当那个怀德出发后,我们才知道他走了。我还以为他会在布鲁斯特家待上一晚呢。他出发的时候,温度达到了零下四十摄氏度,后来温度计都给冻住了。之后天气愈加寒冷,谁也不知道到底有多冷。"

"幸好一路顺利,爸。"劳拉虚弱地笑着回答爸。

劳拉怎样也感觉不到温暖了,但是,能在充满欢乐的厨房中用餐感觉很棒,然后她就躺到自己的床铺上。当劳拉醒来的时候,发现天气好得不得了。吃早餐的时候,爸说温度已经回升到近零下二十度。突如其来的冷空气终于结束了。

礼拜天的早上在教堂里,劳拉觉得自己还沉浸在这忧伤而恐惧的世界里真的很愚蠢。就只剩下最后的两个礼拜了，然后她就可以回家了。

那天下午，当阿曼乐再次驾着雪橇将他送回布鲁斯特家的时候，劳拉向他表达了谢意，很感谢他能够在这个礼拜把她接回家。

"不用客气，"他说，"你应该想到我会去接你的。"

"怎么会这么说，不，我真没有这么想过。"劳拉老实地回答。

"你把我看成什么人了？"他问，"你认为我会在你极度想家的时候，把你独自留在布鲁斯特家，就只是因为对我来说那没有好处吗？你觉得我会是这样的人吗？"

"呃，我……"劳拉没讲下去。实际上，劳拉还没有认真地想过，阿曼乐是一个什么样的人。他年纪比她大很多，而且是一个拓荒者。

"跟你讲实话，"他说，"对于那天的冒险，我自己也不敢确定。那个礼拜，在我打算去接你的时候，看到温度计显示的温度低得可怕，我差点就不想去了。"

"那为什么没有放弃呢？"劳拉问。

"好吧，当时我正准备出发，驾着雪橇经过福勒的商店门前，我看到温度计里的水银几乎要降到球茎里——低于零下四十摄氏度，风也在加急，气温也在逐步下降。就

在此刻，凯普·加兰刚好经过。他看到我正准备去布鲁斯特家接你，而又在盯着温度计发愁。他凑过来看了一下温度计，你无法想象他当时笑的那个样。嗯，当他从我身边走过打算进入福勒商店的时候，凑近我说了一句："上帝讨厌懦夫！"

"所以你就来了，打算证明你不是懦夫？"劳拉问。

"不，关键不是当不当懦夫！"阿曼乐回答，"我只是觉得他说的很对。"

督学的到来

只能熬过一天算一天了,当跨入布鲁斯特家的时候,劳拉是这么想的。那里还是显得这么糟糕。布鲁斯特太太仍旧没开口说话,强尼也总是不安分,布鲁斯特先生也依旧坐在那里一动不动,能坐多久就坐多久。那晚劳拉学习时,就在自己的笔记本上做了四个标记,分别是礼拜一、礼拜二、礼拜三、礼拜四。然后,每过一个晚上她就划掉一个,等全划完后就只剩下一周的时间了。

冷空气又来了,天气一天比一天冷,庆幸的是没有下

暴风雪。

夜晚正静悄悄地过去。虽然劳拉偶尔会在半夜里醒过来或者会被惊醒。每个晚上,她都会在记号上画个叉。她暗暗地期待将记号划去,为的只是想让时间过得再快一些。

礼拜三那晚,整整刮了一夜的风,大雪扑打着窗户,她担心第二天不能去学校上课了。到了第二天早上,阳光洒满大地,却没有丝毫暖意。刺骨的寒风席卷起雪地上的积雪,然后横扫过大草原。劳拉又是第一个踏着白雪,怀着愉悦的心情迎着冷风朝学校走去的人。

风雪透过木板墙的缝隙钻了进来,劳拉再次让孩子们站在暖炉边学习。随着暖炉逐渐变红变烫,整个房间也变得暖和起来。到了课间休息的时候,劳拉站在最后一排克拉伦斯的位置上时,她几乎看不清楚自己呼出的白气了。所以,当再次上课的时候,她说:"房间现在变得暖和了,你们可以回到自己的座位上去了。"

还没有等大家完全回到座位上,突然传来一阵敲门声。会是谁呢?劳拉感到好奇。劳拉边急忙走过去开门,边透过窗户瞧瞧,但是却看不到什么。门打开后,站在眼前的是威廉姆斯先生——小郡的学校督学。

他的马车停靠在校舍的一个角落里,那堆积起来的雪

快乐的金色年代
These Happy Golden Years

堆遮住了马车传来的声音，并且马儿身上也没有挂铃铛。

他是来测试劳拉的教学水平的，劳拉感到很幸运，孩子们恰好都坐回到了座位上。当她邀请他坐在靠近暖炉，被火映得通红的椅子上时，威廉姆斯先生笑了。孩子们都在埋头苦学，但是劳拉可以感觉到其实他们这会儿特别紧张。而劳拉也感到很紧张，声音都有点颤抖。

每个学生都为了她努力地学习着，劳拉感到很欣慰。连查尔斯都在努力着，他比平时表现得还要棒。威廉姆斯先生坐在那儿，倾听着孩子们背了一篇又一篇文章。窗外的风从雪原上呼啸而过，然后透过木板墙的缝隙吹了进来。

查尔斯举起手请求道："请问我们可以到暖炉边上去取暖吗？"劳拉同意了，玛莎也围了上来，他们共用一本书。当他们感觉暖和些了，就会安静地走回自己的座位上。

接近中午的时候，威廉姆斯先生说，他必须得离开了。于是，劳拉觉得他一定要对学生们说点什么。

"嗯，让我说说。"他严肃地回答。他站直了身板，个头最少有六英尺，劳拉感觉心脏都要停止跳动了。她紧张而担心地回想着自己有哪些没有做好。

他站得直直的，头几乎都快挨着天花板了。他沉默了

一会儿说："无论你们现在干什么，记得要确保你们的双脚是温暖的。"

他冲着所有孩子笑了笑，然后回头冲劳拉笑了笑，接着便亲切地同劳拉握了一下手，便离开了。

中午的时候，克拉伦斯将煤斗里的煤全放入暖炉中，然后到寒冷的室外去重新将它装满。他回来的时候，说："在夜幕降临前，我们得多备点儿煤炭放入到炉膛中，气温越来越低了。"

大家都全部围在火炉周边，吃着早已凉透了的午餐。再次回到课堂上的时候，劳拉让他们拿上课本，到暖炉边上学习。"你们可以选择围在暖炉边上，也可以选择在教室里走动，只要你们保持安静，并且认真学习就可以。如果天气一直这么冷下去，那我们就只能选择这样的学习方式。"

这个主意非常棒，孩子们背书的劲头比之前还要足，他们都认真学习，感觉双脚也没有那么冷了，教室显得格外安静。

阿曼乐离开

那个周六,劳拉在家里,妈为她感到担忧。"你是不是遇到什么烦心事了呀?"她问,"怎么坐在那里昏昏欲睡了,这可不像你啊。"

"我只是有点儿累了,没有别的事情,妈。"劳拉回答。

爸从报纸中探出头来,问劳拉:"是不是那个克拉伦斯又给你惹麻烦啦?"

"噢,没有,爸!他表现得很好!他们都表现得很

好。"严格来说，她没有撒谎，只是难以开口说出布鲁斯特太太持刀这件事。如果他们知道了，肯定不会再让她回去的，但是她必须要完成一个学期的教学工作。一个老师不能没完成一个学期的工作就走人。如果她那样干了，她就没有获得另一个教师证书的资格，也不会有学校愿意聘用她。

所以，她努力掩盖住自己的失眠，掩盖自己害怕回到布鲁斯特家的恐惧，希望没有让他们察觉。现在，只剩下最后一周的时间了。礼拜天下午，天气还可以。当劳拉和阿曼乐出发的时候，温度是零下十五摄氏度。一路上没有什么风，阳光非常明媚。

劳拉打破了沉默，说："就剩下最后一周了，等到结束那天我会十分高兴的。"

"也许我的小雪橇还会给你留下美好回忆呢。"阿曼乐说。

"这次感觉就很好，"劳拉说，"只是，可惜大多数时间都遇上冷空气了，我想你内心一定很开心吧，再也不用驾着雪橇跑这么远的路了。我老是搞不懂，你为什么总喜欢长途跋涉，你又不像我，必须走这么远的路赶回家。"

"噢，有时候，独自一个人也会讨厌无聊闲坐的日子。"阿曼乐回答，"何况两个单身汉待在一起，那就更加无聊了。"

"好吧，但是镇上有很多可以交往的人。你们兄弟两个也不必孤单地待着呀。"劳拉说。

"自从上次学校展览后，小镇就再也没举办过什么活动了。"阿曼乐抱怨，"独自一人能做的事情就是坐在沙龙里，或者打打台球，再或者去一家商店，围观别人下棋。这种时候，还不如找个旅伴一块顶着寒风滑雪橇呢。"

劳拉并不认为自己是一个不错的旅伴，但是如果他这样去想了，那她也会尽力变得有趣一点。但是，她实在想不出能够跟他分享什么开心的事情。她盯着前面奔跑的棕色马儿，拼命想找到一个话题。

它们优美的蹄子在雪地上踩踏出完美的节奏，灰蓝色的影子不断掠过两边纯白的雪地。它们看上去那么的愉悦，每甩一次头都会响起一阵清脆的铃声。它们仰着头，竖着耳朵，一上一下地颠簸着。奔跑所带来的微风，吹得马儿黑色的鬃毛起伏飘荡。劳拉深呼一口气，大喊道："这可真美呀！"

"什么美啊？"阿曼乐问。

"这两匹马儿啊，你看它们！"劳拉回答。就在这会儿，王子和淑女都互相蹭了一下鼻子，就好像在说悄悄话，然后又开始奔跑起来。

阿曼乐温柔而坚定地拉了拉缰绳，马儿开始放慢了速度，然后停了下来，他问："你想骑马吗？"

"噢！"劳拉欢呼，但她还是不得不老实地补了一句，"爸不同意我骑马，他觉得我的个头太小了，很容易摔伤。"

"王子和淑女不会轻易伤人的。"阿曼乐说，"它们是我亲自喂养出来的，但是如果你觉得它们很美的话，我觉得你应该看看我养的另一匹马——星光。我是依据它额头上的那颗星星给它取了这个名字。"

在他九岁那年，他父亲把还是小马的星光送给他作为礼物。他跟劳拉聊起他是如何训练星光的，还一直在强调，星光是怎样的美丽。星光后来去了西边的明尼苏达州，当阿曼乐第一次踏上草原时，就是骑着星光来的。当阿曼乐骑着星光回到明尼苏达州的马歇尔时，它已经九岁了。它每天奔跑一百零五英里，精神还是那么好，在路途的最后还能够和别的马儿赛跑。

"那它现在去哪里了呢？"劳拉问。

"回到了明尼苏达州，在我父亲的牧地上生活呢。"

阿曼乐跟她说，"它已经老了，而且我需要两匹马拉车，所以我就把星光送回去还给我爸了。"

时间过得真快，没一会儿的工夫，劳拉便惊讶地看到，布鲁斯特家的房子就在不远处了。劳拉鼓起勇气，但是难免还是有些心情低沉。

"怎么了，怎么突然沉默了，是因为不愉快的事情吗？"阿曼乐问。

"我真希望我们正在走相反方向的路。"劳拉说。

"我们下周五又可以见面了。"他将马儿的速度逐步放慢，说，"我们可以拖延一点时间。"劳拉明白他知道她对那房子有点恐惧。

"只要坚持到周五就好了。"在驾着马车离去的时候，他微笑着鼓励劳拉。

日复一日，夜复一夜，一周的时间就这样慢慢地过去了，明天就是礼拜五了，也就是教书的最后一天了。只要熬过今晚和一个白天，她就可以久久地待在家里了。

在最后的这个夜晚，她总是担心要发生什么事情了。她时不时地从睡梦中惊醒过来，但是周边的一切都显得很平静，逐渐的，她也慢慢放松了下来。

周五这天的课非常的顺利，每个学生都很专心，并且非常守规矩。

下午课间休息的时间结束后，劳拉宣布课程上完了，今天会提早放学，因为这是最后一天。

她清楚自己一定要讲一些结束语，所以，她称赞了他们在课堂上的努力。"你们都好好把握了这次在学校的学

习机会。"她告诉每一个孩子。

"我希望你们每个人都能够接受更多的学校教育，如果实在没有办法的话，那你们也可以选择像林肯一样在家自学。接受教育的机会是值得我们去努力争取的，倘若你们不能在学校学习，那么你们可以在家自学去获得知识。"

紧接着，她给露比一张她的名片，那是一张薄薄的卡纸，是粉红色的，上面还有她的名字。名字上面还围绕着许多的玫瑰和矢车菊。在名片的背后，她写了几行字——

> 献给露比·布鲁斯特，
> 致以最诚挚的问候。
> 你的老师
> 于布鲁斯特学校
> 1883年2月

接下来是汤米，然后是玛莎和查尔斯，最后一个是克拉伦斯。他们每个人到感到很开心。劳拉给他们留了一段时间，让他们来好好欣赏这漂亮的名片，然后将书本仔细放入书包。紧接着，她告诉他们，将课本、石板还有铅笔都收好，准备带回家去。这是她最后一次说："放学！"

接下来发生的事情，让劳拉感到非常惊讶。孩子们并

快乐的金色年代
These Happy Golden Years

没有像她所想的那样将外套穿上，而是全都挤到她的讲台前。玛莎送给她一个漂亮的大苹果；露比害羞地将妈为她烤好的蛋糕送给了她；汤米、查尔斯还有克拉伦斯则是将一支支精心削好的铅笔送给了她。

她有点茫然了，不知道该如何感谢他们才好。不过玛莎说了句话："应该是我们，我们要好好感谢你，英格斯小姐。感谢您让我学会了语法。"

"十分感谢您，英格斯小姐，"露比说，"我真希望上面浇上一层糖霜。"男孩子们没说些什么，当大家都挥手告别后，克拉伦斯又回到了教室。

他轻轻地斜靠在劳拉的讲台跟前，低头盯着手心的帽子，自言自语道："对不起，我太坏了。"

"嗨，克拉伦斯！我没有放在心上。"劳拉大声说，"你的知识掌握得不错！我替你感到骄傲。"

他看着劳拉，脸上又流露出调皮的笑容，然后一下子冲出门外，猛地将门甩上，小屋也跟着颤动了一下。

劳拉将黑板擦干净，然后将地板打扫干净，收拾好课本和报纸，封住暖炉的阀门，然后再将自己的大风帽和手套穿戴好，站在窗口等候。伴着叮叮当当的声音，王子和淑女来到了门口。

学期结束啦！她也可以回家啦！劳拉整颗心终于可以

放下了，这让她很想伴着铃铛声放声歌唱，马儿的速度已经很快了，但是在她看来依旧有点儿慢。

"就算你用脚蹬也不能再快了！"阿曼乐立刻说。发现自己的双脚已经在使劲地蹬着雪橇的挡泥板时，劳拉开怀大笑了起来。但是他也没有说什么，劳拉同样如此。只要回家，就知足了！

直到劳拉到家后向他致谢，对他道句"晚安"，然后到卧室里将外套脱掉时，她才反应过来，阿曼乐没有像往常那样跟她道声"晚安"，也没有那句熟悉的"周日下午见"，他说的是"再见"。

但是，她一下子反应过来了。确实该说再见了，这是最后一次搭乘他的雪橇了。

开心的一天

第二天天一亮，劳拉觉得这感觉比圣诞节早晨醒来的心情还要好。"噢，我在家里！"劳拉心想。她大喊道："卡莉！早上好！赶紧起床了，懒虫！"劳拉带着爽朗的声音，哆嗦着套上裙子，连蹦带跳地下楼去将鞋子穿上，然后坐在舒适的厨房里梳头发。妈正在厨房里忙着准备早饭。

"早上好，妈！"她笑眯眯地说。

"早上好，"妈笑着答应道，"你今天看上去气色比昨

天好啊。"

"回家的感觉真好！"劳拉说，"现在我能做点什么呢？"

她整个早上都在帮忙做周六这天的活儿。虽然她平时很讨厌面粉沾到自己手上时那种干巴巴的感觉，但是她今天却特别喜欢将面粉揉捏成面包的感觉，满脸兴奋地想着能够吃到新鲜的棕色外壳的面包。她嘴里哼着小曲，心里那个美哟，再也不用到布鲁斯特家去了。

那天的阳光格外明媚。那天下午，当她把家务完成后，劳拉期待着玛丽·鲍尔的来访。阳光洒满窗台，妈坐在摇椅上轻轻地摇啊摇，手里还在忙着毛线活儿。卡莉正在设计着她的拼布被子。劳拉有点按捺不住了。玛丽还是没有到访，于是，她决定穿上御寒的衣服亲自去找玛丽，就在这会儿，耳边传来叮当作响的铃铛声。

一下子，她的心突然剧烈地跳了起来。但是，稀稀落落的铃铛声就响了那么几下，也许马儿身上只有几只铃铛，不像王子和淑女那样挂着一大串铃铛。这阵铃声刚消失，紧接着又响起了另一阵叮当作响的铃声。紧接着，整条大街都是雪橇的铃铛声，铃铛碰撞发出的清脆声音打破了午后的宁静。

劳拉来到窗前。看到了明妮·约翰逊和佛雷德·吉伯

快乐的金色年代
These Happy Golden Years

特坐在雪橇上一闪而过，紧接出现的是亚瑟·约翰逊，他的雪橇上还载着一个陌生的女孩。又传来一阵美妙的铃铛声，是玛丽·鲍尔和凯普·加兰共同搭乘着雪橇飞驰而过。原来这就是玛丽一直忙活儿的事情。凯普·加兰也有一辆轻便的雪橇，上面也系着许多的铃铛。外边传来越来越多的欢声笑语，大家一对对地或划着大雪橇，或驾着轻便小雪橇，有说有笑地从劳拉的窗户前经过。

最后，劳拉只好失落地回去做她的针线活儿。客厅里整齐而安静，没有人会想起劳拉。因为她在外头太久了，或者大家把她遗忘了。整个下午，雪橇传来的阵阵的铃铛声萦绕在她家门口，她的同学也乘着雪橇在街上穿梭，在明媚的阳光下顶着寒风，欢声笑语，十分开心。玛丽和凯普搭着双人雪橇一次又一次地从劳拉家门口经过。

好吧，劳拉想，明天我就可以在主日学校与艾达见面了。可惜的是，那个周日艾达没有去教堂，布朗太太跟她说艾达患了重感冒。

周日的下午，天气更加晴朗，也更加美丽。叮当作响的雪橇声又再度响了起来，欢声笑语又在屋外响起。再一次，玛丽·鲍尔和凯普·加兰，明妮和佛雷德，弗兰克·霍森和梅·伯德，还有些刚来镇上劳拉不认识的人，他们成双成对，接二连三地一闪而过。没有人提起过劳拉。她

已经离开太久，大家都将她遗忘了。

劳拉感到很失落。她尝试着让自己静下来读一本丁尼生的诗集。她努力安慰自己不要去在意同学们将自己遗忘，她努力控制自己不去听那些雪橇的铃声和那欢声笑语，但劳拉觉得越来越难以忍受。

突然，一阵雪橇铃声在门口停了下来。爸还没有从报纸中探出头来，劳拉就已经冲到了门口将门打开。王子和淑女拖着轻便的雪橇停在门口，而阿曼乐站在旁边微笑着问道：

"要一起来玩雪橇吗？他问。

"噢，非常乐意！"劳拉回答，"等一下，我将大衣披上。"

她飞速地跑回卧室将大衣披上，戴上白色的风帽和连指手套。阿曼乐将她扶上雪橇，便飞驰而去。

"我还从来都没有注意到你的眼睛这么蓝。"阿曼乐说。

"也许和戴白色的风帽有关，"劳拉回答，"去布鲁斯特家那会儿，我一般戴着深色的帽子。"劳拉喘了口气，大笑起来。

"怎么这么开心呀？"阿曼乐微笑着问。

"上帝跟我开了个玩笑。"劳拉说，"我还以为再也

快乐的金色年代
These Happy Golden Years

不能和你出来，结果，我弄不清楚了。你怎么还来找我呢？"

"我想，也许你看到这么多人一对对地经过，你会改变主意。"阿曼乐回答。然后，他们都笑了。

他们的雪橇混在一个个普通或轻便的雪橇里，快速地掠过长街，然后在大草原上环绕几圈才向南边滑去，然后再回到大街，在大街上晃上一大圈，再继续往北走。就这样重复着，来来回回。阳光洒满一望无际的雪白的大草原，寒风朝着他们的脸蛋儿迎面扑打过来。雪橇的铃铛叮叮当当地响着，雪橇滑过坚硬的雪地，发出嘎嘎的声音。劳拉感到很开心，忍不住想要哼唱起来。

叮叮当，叮叮当

铃儿儿响叮当

今晚滑雪多幸福呀

我们坐在雪橇上

一路飞快的驾驶，别的雪橇上的孩子也跟着唱了起来。从辽阔的大草原上滑过又折了回来，从大街上穿梭而过又回到了大草原上，清脆的铃铛声伴着大伙儿的歌声，飘扬在寒风当中。

小木屋的故事
Little House Books

叮叮当,叮叮当,
铃儿响叮当!

他们并不畏惧暴风雪的到来,因为他们离小镇不算太远。寒风呼啸,但是却没有那么刺骨。温度不是很低——零下二十摄氏度,天气晴朗,每个人的脸上都流露出开心的笑容。

家里最好

紧接着的那个周一早上,劳拉怀着愉快的心情同卡莉一同去学校。她们的脚在雪地上深一脚浅一脚地走着,穿过了积雪的大街。卡莉长舒一口气说:"能再次和你一块去上学的感觉真好。你不在身边的时候,怎么都不对劲儿。"

"我也是这样。"劳拉回答。

当她们进入校园,艾达高兴地同她们打招呼:"你好啊,老师!"紧接着,大家都从暖炉边上聚拢过来,将劳拉围住。"回到学校,感觉还好吗?"艾达问,她漂亮的

鼻子因为受冻显得有些红肿，但她棕色的眼睛还是像以前那样炯炯有神。

"看上去挺好的哦。"劳拉紧握艾达的手说，大家都十分欢迎，甚至就连内莉·奥利森看上去也显得很友好。

"在雪橇上颠簸了那么久，"内莉说，"现在，终于可以安心待在家中了，也许，你会很乐意带我们一块去乘坐雪橇的。"

劳拉就回了一句："也许吧。"她很好奇内莉想搞什么鬼了。接着欧文先生离开讲台，来到劳拉跟前表示欢迎。

"真高兴你又回到我们身边了，"他说，"听说你的教学得到认可了。"

"十分感谢你，先生，"她回答，"再次回到学校真让人开心。"她想知道是谁告诉了他她教学获得认可的事情，但是她没有开口问。

一开始，劳拉担心自己的功课会落在同学们的后面，但是，她很快就发现自己不仅跟得上同学们，而且还学得比大家超前。要求背诵的课文，她在布鲁斯特家时就利用晚上无聊的时间学习了，因此这些课文她学得很好。她兴奋地想着，自己在班上还是名列前茅的。在课间休息前，劳拉感觉很好，信心十足。

休息的时候，听到女孩们在谈论作文的事情。劳拉才

快乐的金色年代
These Happy Golden Years

知道欧文先生在语法课上布置了一篇作文,要求同学们用学过的语法写关于"野心"的文章,并且在今天的课堂上进行朗诵。

劳拉开始有些担忧,她还没有练习过写作文。现在,她得用简短的几分钟时间完成一篇作文,而其他同学都是在昨天完成的。他们在家的时候就已经准备好了,在布朗太太的帮助下艾达也将她的作文写完了。因为是布朗太太指导的,所以,估计艾达的作文应该不错。

劳拉不知道从何下手,对于野心她也从未思考过。她脑中唯一在思考着的一件事,就是她在自己引以为傲的功课上可能不及格了。她可不能不及格,这是决不允许的。但是,该怎样写作文呢?就剩下五分钟的时间了。

她发现自己正盯着欧文先生放在讲台上的黄色封面的大词典,想到可以先理解一下"野心"的含义。劳拉手指冰凉,焦急地翻到字母 A 的页码,"野心"的解释倒是挺有意思的。回到座位后,劳拉开始急速地书写起来,直到老师示意开始上课,劳拉还在埋头苦写。让人沮丧的是,她觉得自己写得很糟糕,但已经没有时间让她重新改写或者是再加上几句优美的词句了。欧文先生开始要求语法班的孩子们开始朗读作文。

他一个个点名,同学们陆陆续续地站起来朗读,劳拉

的心非常低沉，她感觉每个人写得都比她好。最后，欧文先生喊道："劳拉·英格斯。"紧接着，同学们就开始在下面窃窃私语，用期待的眼神看着她。

劳拉站起来后，开始大声朗读自己的作文，这可是绞尽了脑汁才完成的。

> 野心是达到成功的必要条件。倘若没有达不到目的就绝不罢休的野心，我们将一事无成。如果我们不能抱着超越他人、超越自我的野心，我们也无法成功。要想取得胜利，我们就得有野心。
>
> 野心是个不错的好仆人，但也是一个坏主人。只要我们控制住自己的野心，那就是好的野心；假如我们不幸成为被野心操控的那个人，那我就得用莎士比亚的一句名言——克伦威尔，我命令你，抛弃野心，正是它，让天使堕落。

文章读完了。劳拉失落地站在那里等待欧文先生的点评。他很惊讶地望着她，然后说道："你以前写过作文吗？"

"没有，先生。"劳拉说，"这是我第一次写作文。"

"嗯，你应该经常动笔写一些作文，这真是让人难以相信，几乎没有人能够第一次写作文就写得这么好。"欧文先生告诉她。

劳拉非常震惊，结结巴巴地说："它……它……太短了……很多都是来自词典上的……"

"和词典比起来，还是有很大不同之处的。"欧文先生说，"不需要解释了，我觉得它可以得一百分。下课吧。"

没有比这更高的分数了。劳拉竟得到了第一名。现在她满怀信心，会继续努力下去，她会继续努力保持第一名的成绩。她开始期待能够写更多的作文。

时光如梭，那个礼拜很快就过去了。在礼拜五那天，劳拉和卡莉在吃饭的时候，爸说："我想跟你聊聊，劳拉。"

他从口袋中掏出钱包，眼睛洋溢着光彩。然后，他拿出四张十元的美元，陆陆续续地递给劳拉。

"今天我碰到了布鲁斯特先生，"爸解释道，"他嘱咐我将这个交给你，还夸你教得很不错。他们希望明年冬天你还能过去任教。但是，我跟他说了，她不会在冬天的时候离家这么远了。虽然你回来没有抱怨什么，但是我可以看出你在布鲁斯特家过得没有那么开心。你能够坚持到最后，我替你感到骄傲，劳拉！"

"噢，爸！我觉得这样很值得。"劳拉兴奋地几乎无法呼吸，"四十美元。"

她明白这四十美元是自己赚到的，但是只有在此刻，四十美元放在自己的手里，她才觉得这是真的。即使劳拉拿着这些钱，但她还是难以相信这是真的。四十美元，四十美元的现钞呢！她将钱递还给爸，说："给你，爸。还是你收着吧，以后可以给玛丽当学费。这样我们就可以省出一笔钱了。夏天，玛丽也可以回来过暑假了，不是很好吗？"

"这太多了，足够多了。"爸边说，边将钞票叠好放进钱包里头。

"噢，劳拉，你在学校教了这么久，难道不想得到奖励吗？"卡莉大声说。

"这个夏天，就能够看到玛丽了。"劳拉兴奋地说，"我是为了玛丽才选择在学校教书的。"她知道自己帮了个大忙，内心有种说不出的激动。四十美元呢，当她在温暖的厨房中享受美味的晚餐时，她说："我希望还可以赚到更多的钱。"

"这不是难事，只要你愿意去做。"妈出乎意料地说，"马基太太今天早上说，她希望你每周六能够去帮她的忙。她有太多的衣服需要裁减，一个人实在是忙不过来。她会付给你五十美分，再加一顿免费的午餐。"

"噢！"劳拉欢呼雀跃，"妈，您有没有回复她我十分

快乐的金色年代
These Happy Golden Years

乐意呢？"

"我说只要你答应了，就不会有问题。"妈笑着说。

"什么时候可以开始呢？明天吗？"劳拉急切地追问道。

"明天早上八点钟，"妈说，"马基太太说到那个点儿才能开始。她说，倘若活儿不赶的话，上班时间就从上午八点到下午四点，倘若你想留下来加班，她会乐意提供晚餐的。"

马基太太是小镇的裁缝。马基一家刚搬到小镇来的时候，生活在一幢新房子里。那幢房子坐落在克兰西家的纺织品商店和第二大街街角的新办公楼之间。劳拉曾在教堂中与马基太太见过面，对她印象很好。她长得很高挑，有着一双亲切的蓝眼睛，脸上总是露出愉快的笑容，浅褐色的头发挽成一个发髻盘在脑后。

现在，劳拉又开始过得很充实了，并且一切都很愉快。忙碌的学校生活过得很快，每个礼拜，劳拉都期待着能够到马基太太家去做针线活。马基太太家的客厅收拾得很干净，很整齐，劳拉几乎看不到摆在房间另一端的烤炉。

周日上午，劳拉要去教堂做礼拜和上主日学校。每周日下午，她都要参加"雪橇派对"。王子和淑女伴着阵阵

铃铛声，欢快而甜蜜地从大街上跑来，停在劳拉家门口。然后，劳拉和阿曼乐乘坐着轻便雪橇参加"雪橇派对"。他们的马可以说是最美的，速度也是最快的。

但是，最欢乐的时光还是待在家里的清晨和夜晚了。劳拉直到现在才懂得珍惜在家的时光。家里没有沉闷的气息，没有指桑骂槐的吵骂，也没有突如其来的怒火。

相反的是，大家边愉快地聊天，边愉快地工作，开着小玩笑。然后开开心心地学习、阅读，还能倾听爸弹奏小提琴。大家围坐在温暖而明亮的房子里，听着小提琴熟悉而又古老的声音，这一切多么美好啊。劳拉觉得自己实在是太幸福了，太幸运了。她非常肯定，再也没有什么事情、什么地方，能够比和家人待在家里更美好的了。

春天来了

这是四月的一个周日的下午,劳拉、艾达还有玛丽·鲍尔在放学后一起回家,她们慢慢地走着,四周的空气温和而湿润,几乎所有的屋檐都在滴着水,脚下的雪都融化了,汇集成小水流,道路泥泞满地。

"真快,又迎来一个春天啦,"艾达说,"这个学期只剩下三个礼拜啦。"

"是啊,那时我们就可以回放领地啦。"玛丽说,"你到时也会回去,是吗?劳拉。"

"应该会啊,"劳拉回答,"我觉得这个冬天仿佛才刚刚开始,却马上就要结束了。"

"是啊,还是这样的温度的话,雪到明天就会全部融化的。"玛丽说。

这就是说,没有雪橇坐了。

"在放领地很好的啊。"劳拉回答说。她想到那些小牛,还有刚孵化出的小鸡,菜园里种植的莴苣、小萝卜,春季的洋葱、紫罗兰,在六月绽放的玫瑰花,还有,玛丽也会从学校回来啦。

劳拉和卡莉一起穿过泥泞的街道,回到家里。爸和妈都待在客厅里,还有一个陌生人坐在玛丽买的那张椅子上。当劳拉和卡莉慢吞吞地走到门口时,那个陌生人马上微笑着起身迎接她们的到来。

"你不认识我啦,劳拉?"他问。

一下子,劳拉就认出了。她还记得这笑容和妈的笑容一样。

"噢,是汤姆舅舅!是汤姆舅舅啊!"她叫喊着。

爸也大笑着说:"我就说她肯定会认出你的,汤姆。"妈也笑了,汤姆舅舅高兴地和劳拉和卡莉握手,他笑起来真的和妈太像了。

卡莉已经不记得他了,那时在威斯康星的大森林,她还只是一个小娃娃。只是劳拉那时有五岁了，他们一起去奶奶家参加枫糖舞会，当时汤姆舅舅也在。他非常的安静，让劳拉的记忆里好像都没有他。但现在劳拉想起来了，多西娅姑姑来明尼苏达州的梅溪做客时，跟她们提到了汤姆舅舅。

他个子不高，不善言辞，脸上总是挂着和善的微笑。当劳拉隔着晚餐餐桌看着他时，她几乎无法想象他已经做了好几年的伐木工人了，还是他们的工头呢。他们将大圆木从森林里运出来，运到河的下游，尽管他比较矮小，讲话很斯文，但他还能管理那些粗犷的伐木工人，能无所畏惧地处理运送圆木时发生的危险。劳拉记得多西娅姑姑提到过，他有一次跳进河里的浮木上，搭救了一个落水的受伤男人，而他可还不会游泳的啊。

现在他有太多的话要跟爸妈和劳拉说。他提到了他的妻子——莉莉舅妈，还有他们的小宝宝海伦。他还提到了亨利叔叔一家、波莉婶婶、查利，以及艾伯特。

当时亨利叔叔一家从银湖离开以后，并没有去蒙大拿。他们在黑山附近停下了脚步。除了路易丝堂姐之外，他们都定居在那儿了。路易丝堂姐结婚了，她跟自己的丈夫一起去了蒙大拿。而伊莱扎婶婶和彼得叔叔，他们仍旧住在明尼苏达州东部，不过堂姐爱丽丝、艾拉和堂哥皮特

他们如今住在达科他州的某个地方。

卡莉和格蕾丝眼睛睁得大大的,听着舅舅讲话。提到的这些人,卡莉没什么印象了,而格蕾丝连大森林的样子都没见过,更没见过枫糖舞会,也不会知道伊莱扎婶婶和彼得叔叔带着堂兄妹爱丽丝、艾拉和皮特来家里做客的那个圣诞节。劳拉真替小妹妹感到有点遗憾,她们错过了太多的东西。

晚餐时间一下子就过去了,家里点上了燃油灯,全家人都围着汤姆舅舅一起坐在客厅里,爸要他再讲一讲木材厂和运输木头的故事,讲一讲那些奔腾的河水以及呼啸的风,讲一讲那些结实的伐木工人们。他娓娓道来,声音和妈一样的温柔,笑容跟妈一样的和善。

爸跟他说:"那你是第一次来西部喽?"汤姆舅舅马上回答道:"哦,那不是的。我第一次来西部是跟那些发现黑山的白人一起来的。"

爸和妈都有一点吃惊。然后,妈问:"你当时跟他们做什么?汤姆。"

"寻找黄金。"汤姆舅舅说。

"那你没发现几处金矿,真是有点糟糕啊。"爸开玩笑说。

"噢,我们的确发现了,"汤姆舅舅回答,"只是这没给我们带来一丁点的好处。"

"上帝啊!"妈低声感叹道,"跟我们说说都是怎么一回事吧。"

"我们从苏城出发,那是八年前的事。"汤姆舅舅开始说讲当时的事情。当时是一八七四年十月,他们当时一共有二十六个人,有一个男人带着他的妻子和一个九岁的儿子。

他们都坐着篷车出发了,还带了一群牛和驮着货物的马。他们每个人都带了一把温彻斯特牌手枪,还有一些轻便武器和足够用八个月的火药。他们将面粉、熏肉、豆子还有咖啡这些生活用品都装进了货车,而主要的肉都是靠打猎得到的。那时很容易就能猎到大量的羚羊和鹿。在一望无际的大草原上最大的问题就是缺水,而草原上四处都有雪,所以,他们就在晚上的时候,将雪融化成水,再把水桶装满。

有时,暴风雪挡住了前进的道路,于是他们就住进了帐篷里。有时碰到连续的暴风雪,积雪让大家寸步难行,为了减轻马的负担,大家都只能步行,就是女人都要徒步走很长的路。赶上好天气的话,一天能走上十五英里。

就这样,他们来到了一个陌生的地方,这儿只有冰雪

覆盖的大草原及暴风雪，偶尔在路上碰到几个印第安人，除了这些，什么都看不到。

有一次，他们来到了草原上一个奇怪的洼地前面。这片洼地朝着前方及两端延伸着，几乎看不到尽头，找不到边缘，他们被这洼地挡住了，四轮马车要想跨过这片洼地似乎是不可能的事，但是除了从这里穿越过去，他们也没有其他的办法。他们费尽心血，终于将马车赶进了这凹陷的洼地。

站在那洼地的底部，观察一下四周，就会发现那儿的地貌非常的奇怪。小山有几百英尺高，非常的陡峭，有的小山中间凸出一块，经过这永不停歇的风的长期吹刮，被雕刻成了不同的样子。小山上寸草不生，没有树木，也没有灌木丛，甚至一根草都找不到。那些山的表面好像是凝结的泥块，但有些地方闪闪发光，五颜六色的。低凹的地表四处散布着一层层厚厚的石化了的贝壳、骷髅以及骨头。

汤姆舅舅说，这是一个非常荒凉的地方，马车的轮子经过时碾过骨头，发出咔嚓咔嚓的声音，当人们经过这些高耸着的小山时，它们好像也在转动，有的看上去像人的面孔，很多看起来都千奇百怪的。但他们必须从这些奇怪的小山中穿过，可最后在山沟中迷路了。一共花了三天时

快乐的金色年代
These Happy Golden Years

间,他们才走出那个地方,又花了差不多一天的时间才将篷车弄到洼地外边。

当他们回头看这片洼地时,一位年长的勘探者跟汤姆舅舅说,那肯定就是印第安人提到过的"恶土地"。他说:"我猜,上帝在创造世界时,将所有的废材料都扔进了这个洼地里。"

穿过那儿之后,他们又沿着大草原继续走着,一直到了黑山那儿。他们在那里找到了一个可以躲避猛烈的暴风雪的地方。但他们的路途还是很艰难,峡谷里四处都是积雪,山势非常陡峭。

当他们到法兰西河畔打算扎营时,已经长途跋涉了七十八天。在那儿,他们砍伐山上的松树,然后将松木砍成十三英尺长的木桩,垂直着绑在一起,然后将树桩的底部埋进土里三英尺。要将树桩埋进地里很吃力,因为地面已经被冻硬了。他们最后搭建了一个方圆八十英尺的栅栏。而在栅栏围墙的内侧,他们将一些小松木横在两根木头缝隙的中间,然后用大铁钉牢牢钉死。

而在栅栏围墙的每个角落里,他们都建了一个坚固的堡垒,这些堡垒朝外凸出,这样就在栅栏墙外边形成一个交叉的火力。他们还在堡垒和栅栏边搭建了射击孔。而能进出栅栏墙的唯一一个入口也是一道双重大门,有十二英

小木屋的故事
Little House Books

尺宽，是用许多大松木紧紧钉在一起做成的。等围栅栏做好之后，他们就多了一道安全坚固的防线。

然后，他们在栅栏里搭建了七座小木屋，大家就住在这些小木屋里度过了冬天。他们靠打猎来获取食物，还搭设陷阱来猎取动物皮毛。那个冬天真的很冷，但他们还是撑了过去。当春天来临的时候，他们意外地发现了金子——那是天然的金块。然后他们又在结冰的沙砾里和冰冻的河床下，找到了许多的金沙。而就在这时，当地的印第安人来攻击他们。当然，有了围栏的保护，他们不怕印第安人的进攻。但问题是，他们无法到外边去猎取食物，最后会被活活饿死。那些印第安人也是围而不攻，守在外边，等着他们被饿死。所以，汤姆舅舅他们都只能节约粮食，饿着肚子苦撑着，迫不得已时，他们会杀牛来充饥。

一天早上，远处传来了一阵号角声。

当汤姆舅舅说到这个时，劳拉也记得自己曾经听过这样的号角声。那是很久以前，他们住在大森林时，乔治叔叔吹响军号，回声在大森林里回荡着。她大叫道："是军队吗？"

"是啊。"汤姆舅舅说。他们知道终于安全了——军队来了！站在瞭望台上的人大喊着"军队来啦！"然后，每

快乐的金色年代
These Happy Golden Years

个人都争着挤到堡垒里去看外边的情况。他们终于又听到了号角声。很快，又传来了横笛和鼓声，接着看到旗帜在飘扬，军队紧随其后。

汤姆舅舅和他的同伴们赶紧打开围栏，兴奋地冲了过去，每个人都以最快的速度跑过去和军队会和。但是，士兵们却将他们都囚禁了起来，并将他们就地关押。同时，一些士兵涌了过来，将围栏和所有的东西都付之一炬。他们烧掉了小木屋，烧掉了马车，烧掉了那些动物皮毛，还把牛宰杀了。

"天啊，汤姆！"妈实在不想继续听下去了，大声喊着。

"那是印第安人的地盘。"汤姆舅舅和气地说，"说白了，我们没有权力住在那儿。"

"你们吃了这么多的苦，冒着这么大的险，结果一无所获？"妈伤心地说。

"出发时带的东西都没有了，只剩下一把来复枪了。"汤姆舅舅说，"士兵们还是允许我们随身携带枪。他们视我们如囚犯，赶着我们朝前走。"

爸在屋子里来回踱着，终于开口："假如我碰上了这事，肯定受不了的。"他大声说着，"不管怎样，也要奋力一拼啊。"

"我们可不能和整个美国军队为敌啊。"汤姆舅舅非常

严肃地说,"不过,当时我看到那些栅栏冒着浓烟,我心里充满了仇恨!"

"我明白。"妈说,"提起这些,我想起了我们在印第安人领地的那栋房子。那时查尔斯刚准备给房子安上玻璃窗。"

劳拉心想:当时在在汤姆舅舅身上发生的这些事,在梅溪居住的时候,都在自己家上演过。大家都沉默着,过了很久,也没有人说话,时钟发出沉重而缓慢的声音,敲响了凌晨一点的钟声。

"天啊!这都几点了啊。"妈大声地喊着,"汤姆,我敢说,你已经将大家都给迷住了。怪不得格蕾丝都睡着了。女孩们,赶紧带格蕾丝去睡吧,劳拉,去将我床上那床羽绒垫子和棉被都抱下来,我要在这里给汤姆搭个铺。"

"我可不能用了你的被子啊,卡洛琳。"汤姆舅舅没同意,"弄张毯子来,我搭个地铺凑合一个晚上就可以了,我经常这样,没什么关系的。"

"我觉得我和查尔斯偶尔睡一次干草垫子,没什么关系啊。"妈说,"我一想到你在长途旅行中经受着严寒,又不舒服,就很心疼。"

汤姆舅舅说的那个关于严冬的故事,一直在劳拉的

快乐的金色年代
These Happy Golden Years

脑海里萦绕着，让她很难平静下来。第二天早上，听着耳边刮起的轻柔的切努克风，看着屋檐正慢慢地滴着水，她才意识到，现在已经是春天了，她正生活在这个让人开心的小镇上。一整天，她都在马基夫人家里做着针线活，爸和妈陪着汤姆舅舅去拜访朋友。接下来的礼拜天，只有劳拉、卡莉和格蕾丝去教堂做礼拜、上主日学校。爸和妈都在家里陪着汤姆舅舅，他们不愿浪费掉他这短暂假期的一分一秒。舅舅在周一早上就会离开，回威斯康星州的家。

泥泞的地面上散乱地分布着一些积雪。劳拉知道不会再有什么雪橇派对了，想到这个，她多少还是有点儿遗憾。

礼拜天晚餐时，大家都围着餐桌坐着，爸妈正在和汤姆舅舅聊天，提到一些连劳拉都不熟悉的人，这时，窗外有一道身影闪过，马上就有人在敲门。劳拉赶快去打开门，真的有点吃惊，她不明白阿曼乐这个时候过来有什么事。

"你愿意乘马车去参加第一次春天兜风吗？"他问，"还有凯普、玛丽·鲍尔和我一起？"

"噢，我愿意啊！"她回答，"你要进来坐一坐么？我要先去戴上帽子，穿上外套。"

"不进去了，谢谢你。"他回答，"我就在外边等你吧。"

等劳拉穿戴好之后,她走到门外,发现玛丽和凯普早就坐在了凯普的双排马车的后座上等着她。阿曼乐拉着劳拉坐在了马车的前座上,然后他坐在劳拉的身边,从凯普手中接过缰绳。王子和淑女开始小跑着,跑过大街,跑上草原,朝着东边奔去。

路上没有其他人的马车,所以这不能说是一个派对,但一路上,劳拉、玛丽和凯普还是大声地欢笑着,高兴极了。因为马路上到处是泥泞,所以泥水和积雪都飞溅到马儿身上及马车上,就连他们那遮膝的亚麻袍子都被溅到了。春风温柔地吹拂着他们的脸庞,大地沐浴在一片温暖的阳光中。

阿曼乐一直没有说话,没有理会他们那愉悦的聊天。他沉默着,脸上没有一丝笑容,劳拉问他发生了什么事。

"没什么事呀。"他回答。但是,他又马上问道:"你家那个年轻的男人是谁?"

"哪个年轻的男人啊?"劳拉有点糊涂了,大声地问,"你说哪个年轻的男人啊?"

"就是我去你们家门口的时候,你正在和他说话的那个年轻男人。"他说。

劳拉有点吃惊,但是玛丽就控制不住地笑了起来:"哈

快乐的金色年代
These Happy Golden Years

哈,你可千万不要随便吃醋啊,那个可是劳拉的舅舅呢。"

"噢,你原来是说他啊?那是我的汤姆舅舅,我妈的弟弟。"劳拉解释说。玛丽·鲍尔还是忍不住地大笑着。劳拉转过头去,刚好看到凯普正伸手去摘玛丽头发上的发夹。

"这样你就能多注意我一点啦。"凯普对玛丽说。

"噢,快住手,凯普!你不要弄我的发夹。"玛丽大声叫着,正想办法从凯普手中抢回那个发夹,但是凯普还打算抢她的另一个发夹呢。

"快停下!凯普!停下!"玛丽请求他说。然后用两只手紧紧地抱着脖子后面的头发,要劳拉帮帮她:"劳拉,快帮忙啊!"

其实劳拉知道这情况有多么紧张,因为只有她一个人知道,玛丽的头发是假发,如果还让凯普去弄的话,再扯掉一个发夹的话,那她那一头美丽而浓密的假发就要掉下来了。

就在此时,王子的前蹄弹起了一块积雪,刚好碰到了劳拉的膝盖。而凯普刚好在和玛丽争执着,将自己的后脑勺对着劳拉的位置。劳拉马上就抓起那把雪,轻轻地丢进了他的衣服领子里面。

"啊!"他大叫着,"怀德,我觉得你最好帮我一把

啊。这两个女孩一起对付我呢,我有点吃不消啦!""我要驾车啊。"阿曼乐回答说,大家都大笑了起来。在美妙的春日里,人们总是容易开怀大笑起来。

守住放领地

第二天上午,汤姆舅舅就坐火车回东部了,中午劳拉放学回家时,他已经走了。

"他刚离开一会儿,"妈对劳拉说,"马基太太也跟着来了一次,她说碰到了麻烦事,问我看你能去帮忙么。"

"哦,假如我能帮到的话,我非常乐意去帮忙的。"劳拉回答说,"会是什么事呢?"

妈跟她说,虽然马基太太一整个冬天都在拼尽全力地做衣服,但马基一家的钱还是没有凑够,还无法搬到放

领地去。马基先生必须要继续那份木材厂的工作，这样才能够攒够钱来买工具、种子、家畜。他打算要马基太太先和他们的小女儿马蒂搬到放领地那边去过夏天，守住放领地。马基太太说她一点也不想在那个草原上孤单地过日子，她的身边除了马蒂，就没有其他人了。她说要是这样的话，她宁愿放弃放领地。

"我不明白她为什么会如此紧张。"妈说，"不过，她看上去真的很紧张。孤独的生活，远离人群，似乎让她害怕不已。所以马基先生也决定放弃放领地了。但是等到马基先生去工作后，她又认真地思考了一下，然后，她就来找我，看你是否愿意陪她一起去放领地，帮她一起保住放领地。她能支付每周一美元的酬劳，你只要陪她就可以了，像家人一样陪伴她。"

"她家的放领地在哪个位置？"爸问。

"就在曼彻斯特的北部，和曼彻斯特还有点距离。"妈回答。曼彻斯特是德斯梅特西边新兴起的一座小镇。

"明白了，你打算去吗，劳拉？"爸问她。

"我想去。"劳拉回答，"虽然这样做的话，我的功课会落下不少，但我可以自学补上，而且，我也希望自己能继续挣钱。"

"马基他们一家子都不错，你这样做的话，可以说帮了他们家一个大忙啊。所以你想去的话就去吧。"爸决定同意。

"那就有点可惜了，因为你会因此错过玛丽的假期。"妈担心地说。

"我可以先陪马基太太去放领地那边生活一段时间，等她适应了那里的生活。或许我就能回家见玛丽了。"劳拉思量着。

"好吧，如果你都计划好了，那你就去做吧。"妈说，"车到山前必有路。无论如何，问题最后都会被圆满解决的。"

于是，第二天一早，劳拉就陪同着马基太太和马蒂一起坐上了去曼彻斯特的火车。她曾经坐过一次火车，那是她刚从梅溪搬到西部的时候。所以，她就装作一副常常乘坐火车的样子，拎着小背包跟在列车员身后在过道上找座位。其实，她对火车一点也不熟悉。

这段旅程只有七英里。当火车到达曼彻斯特时，列车员将马基太太的行李从座位前头的货车架上卸下来，然后，就有一个马车夫过来将家具和行李都装进马车。还没等他装好，饭店的老板就敲击着自己的三角铁旗子，过来招揽顾客去吃饭。于是，马基太太先带着她俩去饭店吃饭。

没多久,车夫就赶着那架装满家具和行李的马车走了过来,来到饭店大门前。他帮劳拉和马蒂爬上马车,让她们坐在行李上,马车上还装着被褥、炉灶、桌椅和储物盒子。马基太太就坐在车夫的椅子上。

马车摇摇晃晃地出发了,朝着草原走去,劳拉和马蒂的脚丫就悬在马车的一边,她们相互间挨得很紧,双手也紧紧地抓住捆行李的绳子。草原上的马路都不宽阔,路面松软湿滑,轮子很容易陷进泥巴里,马车和车上的行李不停地四下颠簸着。不过还算顺利,直到她们到了一处沼泽地时。这里的地势很低,沼泽里长满了草,草丛中还有积水,坑洼不平。

"这个地方我不怎么熟悉啊。"车夫看了看前面的路况说,"情况很不乐观,但是我们无法走周边的路,我们只能赌一把了,说不定,在我们的马车陷入泥沼前,就已经飞快地穿了过去。"

当马车来到沼泽地前时,他说:"注意,请抓紧了!"

然后,他扬起马鞭,吆喝着马儿。两匹马开始飞奔起来,速度越来越快。在车夫的高声吆喝和扬鞭中,马儿好像在飞一样。泥水也像长着翅膀一样,从马轮下面飞溅起来,劳拉和马蒂竭尽全力抓住绳子。

接下来的路很顺利,他们安全地抵达了沼泽对面,车

快乐的金色年代
These Happy Golden Years

夫就让马儿停下脚步好好休息一下。

"真不错,我们过来了!"他说,"在我们的马车轮子还没陷入沼泽之前,我们就已经穿了过来,假如不幸陷进去的话,要想出来就麻烦了。"

毫无疑问,他现在看上去放松了许多。当劳拉回头看刚刚经过的那片沼泽地时,那些车辙印子早已消失不见了,被水覆盖了。

他们继续在大草原上赶路,最后经过一座新建的很小的放领地的小屋,它就那样孤零零地站在那草原上,他们往西走了大约一英里的地方,才碰到下一座房子,再向东走了很远的地方,才勉强看到第三座房子。

"就是这儿了,夫人。"车夫说,"我先去将行李卸下来,然后去帮您拉一车干草过来,在西面大约一英里的地方,有一个放领地,去年夏天还有人住在那儿,但是他们放弃了,回东部去了。不过,我发现他们留下了一些干草堆在那儿。"

他将行李都搬进小屋内,还帮忙安好炉灶,然后就驾车拉干草去了。

小屋被隔板分成两个房间。马基太太和劳拉在放炉灶的那间房内铺了一张床,然后在另一个房间也铺了一张床。一张餐桌加上四把木质的小椅子,再加上行李箱,几

乎就把小屋给填满了。

"我真开心，幸好我没带很多东西过来啊。"马基太太说。

"是啊，就如同我妈说的那样，东西够用就好啊。"劳拉觉得她说得对。

车夫拉来了一车干草之后，就赶着马车去了曼彻斯特那边。现在，她们就要用干草填满两个被褥，然后铺床，然后将碗碟拿出来摆好。接着，劳拉就到小屋后边的干草堆那儿拧干草棒，马蒂就将她拧好的草棒抱进屋内生火，而马基太太就开始做饭。马基太太不知道怎么拧干草棒，但是劳拉会，那个严冬教会了她怎么做这些事。

当夜幕降临时，土狼的嚎叫声四起，马基太太锁好门，然后将窗户都检查了一遍。

"我真不明白，为什么法律要规定我们必须这么做。"她说，"难道让一个女人在这个荒凉的放领地待上一整个夏天，就能起很大的作用吗？"

"我爸说过，这就是一场赌局。"劳拉回答说，"政府分给每个人一块土地，然后打赌他一定无法在那片土地上生活五年，而不会被饿死。"

"没人能做得到的。"马基太太说，"拟订这条法律的人难道不明白，一个人只有赚足了钱才能去开垦放领地，

快乐的金色年代
These Happy Golden Years

因为需要足够的钱去购置农具和种子。假如没有钱,就得去挣钱,那就意味着这个人无法守着这放领地过日子,那政府为何要颁布这样的法规,强迫人们守在放领地呢?这样做的话,就意味着他的妻子和家人就必须去放领地无所事事地生活七个月。假如我不用守在放领地的话,我就能去做衣服赚钱,这样就能为早点购置工具和种子帮上点忙。我向上帝发誓,虽然我自己不是很清楚,但我觉得我们女人应该有权利。假如女人能够参与投票,能够制定法律,我觉得一切会变好许多的。外边是狼在叫吗?"

"那不是狼。"劳拉说,"只是土狼吧,它们不会攻击人的。"

她们实在太累了。还没点油灯就直接睡了,劳拉和马蒂睡在厨房里,马基太太睡在前屋里。每个人都很安静,小屋被寂静包围着。但劳拉没有害怕,虽然她还从未离开爸、妈和姐妹们独自在这样荒凉的地方过夜。土狼的叫声慢慢远离小屋,并且越来越弱,最后就没有了。小屋和沼泽地也有很远的距离,所以也听不到青蛙的呱呱声。四周只有大草原的风声,其他什么声音都没有了。

阳光照在劳拉的脸庞上,全新的一天来临了。家务一下子就做完了,没什么活要做,也没有什么书可以读,更没有什么人来往。这样的情况如果是短暂的一阵的话,还

是让人心情愉悦的。整整一个礼拜，劳拉、马基太太，还有马蒂三个人没做任何事情，除了吃饭就是睡觉，或者坐着聊天，要么就彼此沉默着。太阳每天都东升西落，风一直这样吹着，大草原辽阔而空荡，只有飞鸟和云影飘过。

周六下午，她们好好打扮了一番，然后步行两英里去曼彻斯特镇，去那里见见马基先生，然后和马基先生一起走路回家。到了周日的下午，她们又要和马基先生一起走路回镇上，然后马基先生在那儿乘坐火车回去继续工作。等马基先生走了之后，马基太太就带着劳拉和马蒂又走路回放领地，开始新的一周的生活。

她们很期待周六的到来，虽然从某个方面说，马基先生离开能让她们松口气，因为他奉行严谨的宗教规范，和他在一起的时候，大家不能大声说笑，哪怕是微笑都不行。他们只能读一读《圣经》和教义，然后谈一些严肃的宗教话题。但是，劳拉还是很喜欢他，因为他是一个大好人，为人很和善，说话轻声和气的。

几个礼拜就这样过去了，一周又一周，没有任何的变化，她们就这样度过了四月和五月。

天气逐渐变得暖和起来，当她们一起走路去小镇时，能够听到云雀在路旁欢快地歌唱，而小路两边的野花正开得灿烂。

快乐的金色年代
These Happy Golden Years

在一个温暖的周日下午,她们从曼彻斯特走路回放领地,这一路上劳拉觉得比以前都要疲劳。走了一段路之后,马基太太突然对劳拉说:"你如果坐怀德的马车肯定会开心一些吧。"

"我想我也许没有机会了呢。"劳拉回答说,"在我回去之前,估计其他的女孩已经上了他的马车。"她想起了内莉·奥利森。她记得,奥利森家的放领地离阿曼乐的放领地很近。

"不要担心,"马基太太跟她说,"假如一个单身汉不是真心的话,是不会那样对一个女孩子好的啊!你迟早会和他结婚的。"

"噢,不!"劳拉回答,"不可能,这是不可能的!我绝不会离开家,也不会嫁给哪个男人。"

但是一瞬间,她觉得自己是如此的想家。她想马上回家,想得几乎有点受不了。那一个礼拜,她都在极力地控制住对家的思念,不想流露出来,怕马基太太发现。到了周六,她们再次走路去曼彻斯特时,劳拉收到了一封信。

妈给她写了一封信,玛丽马上就回家了。假如马基太太能找到人作伴的话,她希望劳拉能回来一趟,因为她想要劳拉回家见见玛丽。

劳拉感到有点担心，她没有跟马基太太说这件事。一直等吃晚餐时，马基太太才问她发生什么事儿。劳拉这时才告诉她妈来信这件事。

"噢，你当然要回家。"马基先生立刻说，"我会再去找个人来的。"

马基太太想了很久之后才开口："除了劳拉之外，我不想再找其他人来这儿了，我宁愿独自住在这儿。因为我和马蒂现在已经习惯这儿的生活了，也不会发生什么事儿。劳拉就回家吧，马蒂跟我留在这儿没问题的。"

因此，在那个周六下午，马基先生帮她提着袋子，一起走路去曼彻斯特。她跟马基太太和马蒂告别，然后和马基先生一起乘坐火车回家了。

一路上，劳拉都惦记着她们，想到她们孤零零地在月台上为她送行，然后又要走上两英里路回到那个放领地的小屋里——她们非去不可的小屋。在那儿，她们没有什么事做，只能吃饭睡觉，听听风声，而她们还要继续这样生活五个多月。保住放领地真的要吃不少的苦啊，可他们别无他法，因为这就是法律。

玛丽归来

当劳拉再次回到放领地的家中时，简直高兴坏了。在这儿，劳拉可以挤牛奶，想喝多少牛奶都没关系，还能吃涂着黄油的面包，还有妈做的美味的乳酪。她可以到菜园子里摘莴苣叶子，拔红色的小萝卜。她都几乎忘了自己是多么渴望吃到这些东西。马基太太和马蒂是不可能吃到这些的，她们现在只是在努力保住自己的放领地。

家里还有不少的鸡蛋，因为妈养的那些鸡非常会下蛋。劳拉帮卡莉去马厩的干草堆里和附近那些长着高草儿

的牧场里寻找鸡蛋。

格蕾丝还在马槽里找到了一窝小猫咪。这些小猫咪是爸当时花了五十美分买来的猫儿凯蒂的孙子孙女，凯蒂觉得自己责任很重，觉得它应该为它们去找食物，就好像给自己的儿女找食物一样。它抓了许多的老鼠，小猫们都吃不完，于是凯蒂每天把那些吃不完的老鼠堆在门口，要妈来处理它们。

"我敢肯定，"妈说，"我可从来没因为一只猫变得这么慷慨又这么的尴尬。"

玛丽回家的日子终于来了，爸和妈驾着车去小镇接她。那天下午，连玛丽乘的那列火车都不同寻常，火车烟囱里吐出的滚滚黑烟环绕着整个小城镇，然后飘上天空。劳拉他们站到马厩和菜园的高地上朝远处望去，她们看到了火车吐出的浓浓的白色蒸汽，听到了火车的汽笛声鸣响，那轰隆隆的鸣声从远至近，最后停止了。她们知道火车已经到站了，而玛丽一定就在那儿。

终于，那辆篷车穿过大沼泽奔驰而来，玛丽就坐在爸妈中间，那是多么让人兴奋的事啊。劳拉和卡莉马上跑上去和玛丽打招呼，玛丽尽量和她俩一起说话。而格蕾丝就在她们身边绕来绕去，长发飘扬在风中，蓝色的大眼睛扑闪扑闪的。凯蒂也从门口冲了过来，好像一道闪电一样，

快乐的金色年代
These Happy Golden Years

大尾巴像扫帚一样扫来扫去。凯蒂不喜欢陌生人,她现在应该不记得玛丽了。

"你独自坐车,害怕吗?"卡莉问。

"噢,我一点也不害怕,"玛丽笑着说,"我一路上没碰到什么麻烦,在学校的时候,我们都要独立做自己的事,这也是我们学习的一个内容啊。"

她看起来自信了很多,不像以前总是安静地坐在她的椅子上,而是在屋内四处自由走动着。爸将她的行李箱拿了过来。玛丽走到行李箱前面,她蹲下来按下箱子的按钮,打开箱子,就好像她能看见一样。接着,她将给大家准备的礼物一件一件地从箱子里拿出来。

她送了妈一个手工编织的带着穗子的油灯垫子,垫子的边缘用线串着许多粒颜色不一的珠子。

"真的很漂亮!"妈开心地说。

而送给劳拉的是一个蓝色和白色珠子串联编织而成的手镯。而卡莉的礼物是一个粉红和白色的珠子串在一起编成的戒指。

"哦,真是太漂亮了!好漂亮啊!"卡莉欢呼着,"而且大小也非常合适,实在太棒了。"

给格蕾丝准备的礼物是一个洋娃娃的小椅子,那是用串着红色和绿色的珠子的铁丝做成的。格蕾丝很喜欢

这个礼物,她很小心地把礼物捧在手心,甚至忘了和玛丽说声谢谢。

"这是给您准备的,爸。"玛丽一边说一边给爸递了一条蓝色的丝绸手帕,"这可不是我自己编的,但却是我去精心挑选的。布兰奇和我……哦!布兰奇是我的一个室友。我们一起去商业区给您准备一个礼物,布兰能看得见那些颜色鲜艳的东西,但是店员不知道这个。我们觉得被他误会是一件非常有趣的事呢。布兰奇当时打着暗号告诉我是什么颜色,当时那个店员还以为我们通过手触摸就能分辨颜色。通过触摸,我们只能分辨那是不是丝绸。天呐,我们捉弄了那个店员!"玛丽一边回忆着,一边大笑着说。

玛丽以前也经常微笑,但大家已经很久没听到她像小时候那样大声地笑着。能够看到玛丽如此开心地大笑,大家觉得让她去那所学校而做出的付出都是值得的。

"我敢肯定,这应该是爱荷华州文顿市最好看的手帕了。"爸说。

"我有点不明白,你是通过什么方法来选择正确颜色的珠子,然后编织好的呢?"劳拉转了一下手腕上的镯子问道,"这个漂亮的手镯上的每一粒小珠子的颜色都恰到好处啊。你绝对不会像捉弄那个店员一样轻轻松松地

快乐的金色年代
These Happy Golden Years

做好吧。"

"我请那些眼睛能看见的人将不同颜色的珠子放进不同的盒子里,"玛丽解释,"然后,我就只要记住哪个盒子里装着哪种颜色的珠子就可以了啊。"

"这个对你来说肯定不难啊,"劳拉说,"你的记忆力是那么好,你要知道,我可永远不可能像你那样背诵出那么多《圣经》里的章节。"

"是啊,我现在的主日学校的老师都非常的吃惊,不明白我怎么能记住那么多的章节。"玛丽说,"能记住那些也给我不少的帮助,妈。我们用手指触摸凸字板和点字板,我每次都能快速而轻松地读出上面的文字,我是我们班上速度最快的。""我听到这些觉得很幸福,玛丽。"妈只说了这么一句话,她的笑容有点颤抖,但能看到,她这时可比收到那个漂亮的油灯垫子时显得更开心一些。

"这就是我的点字板。"玛丽从行李箱中拿了出来。那是一块非常薄的长方形的钢板,四周围着一个铁框,钢板就镶嵌在上面,铁框上还绕着一个窄窄的钢带,这点字板和学校用的石板大小差不多。在那个钢带上有几排小小的空心方块,这些方块能上下移动,还能在钢板的任何一个点上固定住。铁框上还用铁丝系着一根铅笔一样的铁条,玛丽跟他们说那是铁笔。

141

"你怎么操作这个东西？"爸很想知道。

"注意看啊，我给你们演示一下。"玛丽说。

他们都认真地观察着，玛丽将一张奶白色的纸摆到钢板上，然后用钢带卡住。接下来，她将钢带移到了铁框顶部，固定在那儿。然后，她再用铁笔的笔尖很快速地在小方块的几个角上四处按压着。

"行啦。"她说完就抽出纸，将它翻了过来，那些铁笔挤压过的地方都微微凸起，用手指能够轻松地感觉到这些起伏凸出的部分，然后再根据方块不同的大小显示出不同的图案，这就是布莱尔点字。

"我要写封信给布兰奇，告诉她我已经安全到家啦。"玛丽说，"我还要给我的老师写一封信。"然后她将纸翻到了另一面，再一次将它夹在铁框上，将钢带滑下来，准备在那空白的地方继续写字。"我只要一会功夫就写完啦。"

"你这样真不错，你能给自己的朋友写信，你的朋友们也能看懂你的信。"妈说，"我现在几乎不敢相信，你真的在那个我们一直都想送你去的地方读书。"

劳拉也觉得太高兴了，幸福的眼泪几乎都要落下。

"好啦，好啦。"爸打断她们说，"不要一直站在这儿讲话啦，玛丽一定肚子饿啦，现在还是家务时间，大家都去各忙各的吧，今后还有大把的聊天时间。"

快乐的金色年代
These Happy Golden Years

"你说得没错,查尔斯,"妈马上赞同了,"等你想吃东西的时候,晚餐一定会准备好的啦。"

爸去照顾那些马儿了,劳拉赶紧去去挤牛奶,卡莉就忙着生火准备烘焙点心,而妈马上就要做小点心了。

等爸从马厩回家,劳拉将牛奶挤好之后,晚餐已经准备好了。

这真是太美妙了。她们吃着褐色的捣碎的土豆、新鲜的水煮蛋,还有那些抹着妈特制的黄油的美味点心。爸和妈喝着清香的茶,而玛丽和她的姐妹们喝着牛奶。"真好喝啊,"她说,"在学校的时候,可喝不到这么香浓的牛奶啊。"

他们之间要说的话太多了,彼此间有那么多话需要倾诉,几乎每件事都需要好好细说一番。但是明天,他们就有一天的机会和玛丽待在一块儿。一切就像过去一样,劳拉和玛丽又睡到了一张床上,在这张床上,劳拉已经一个人睡了那么久了。

"现在天起暖和起来了,"玛丽说,"我不要像以前那样,将脚贴在你的身上取暖了。"

"真高兴你回家啦,你挨着我也没关系啊,我可不会怪你哟。"劳拉回答,"我会感到很荣幸。"

悠闲的夏季

玛丽在家的时光真的很美好，可是夏天太短暂，让她们无法尽情地享受这种快乐的生活。听玛丽讲她们学校里的故事，大声地给玛丽念书，帮她一起整理衣服，四处修修补补，然后和她一起去散步，几乎每个傍晚都会去，这一切让时间过得很快。

一个周六的早上，劳拉去了小镇上，她打算挑点布料，给玛丽那件最好的丝绸裙子做一个新的袖口和领子。她最后在一家做帽子生意的裁缝店找到了喜欢的布料，贝

快乐的金色年代
These Happy Golden Years

尔小姐一边给她包装布料,一边跟她说:"我听说你的针线活做得很不错。我非常希望你能来我这儿帮帮忙,我可以每天付给你五十美分,工作的时间是上午七点到下午五点,午餐要自己解决。"

劳拉四处打量了一下这家让人舒服的新店铺,橱窗里摆满了精致好看的帽子,玻璃陈列柜中摆着一卷卷的绸带,而在陈列柜后面的货架上放着许多的丝绸和天鹅绒。店里一共有两台缝纫机,有一台上面正摆着一条没完工的裙子,还有一台放在椅子边上。

"你瞧瞧,我这里的活儿真多呢,我一个人根本就忙不过来。"贝尔小姐用她那温婉的声音说。贝尔小姐非常年轻,身材高挑,有着一头乌发,一双黑眼睛。劳拉觉得她不仅漂亮,还很大方。

劳拉觉得,和她在一起做事应该会很愉快的。

"只要我妈允许的话,我就同意来。"她承诺。

"如果来的话,就在周日上午过来吧。"贝尔小姐说。

劳拉从商店出来之后,就沿着大街去了邮局,她要帮玛丽寄一封信。在那儿的时候,她遇见了玛丽·鲍尔,她刚好要去木材厂办点事。她们自从上次在早春时碰过面乘坐四轮马车之后,就一直没见面了,她们要跟对方讲的话实在太多了,所以玛丽邀请劳拉和自己一起块儿

走。

"好啊,没问题呢。"劳拉说,"不管怎样,我还真想去问问马基先生,马基夫人和马蒂最近过得怎么样。"

她们慢慢地走着,一路上说个不停,穿过了满是灰烬的铁轨,然后穿过尘埃飞扬的大街,一起走到了一个木材厂的角落里,于是停下了脚步,站在那儿聊天。

这时,北边那条乡村小路上走过来两头大公牛,它们正拉着满满一车的木材,正往镇上慢慢驶去。有个男人跟在走在外边的那头牛的旁边,劳拉漫不经心地看着那边,他正挥舞着一条长长的鞭子。两头牛非常吃力地拉着车,走到木材厂的拐角时,它们突然耍着性子朝前冲去。

劳拉和玛丽赶紧退了几步。那个男人朝着牛吆喝着:"嘀!左转啊!"但是牛可没有朝左转,反而朝着右边转,围着那个角落团团打转。

"哈哈,右!右转就右转吧,随便你们怎么折腾吧!"车夫非常有耐心,还有心思开玩笑。然后,他朝着女孩子们这边瞧了下,两个女孩一起大叫着:"阿曼乐·怀德!"

他摘下帽子朝女孩子开心而俏皮地打了个招呼,然后很快地跟着牛走了。

"没有看到那两匹马,我都差点不认识他了!"劳拉大笑着说。

快乐的金色年代
These Happy Golden Years

"是啊，你看他那身打扮，真不合适，"那身衣服，玛丽实在有点看不下去，"穿这么难看的衣服，而且，那鞋子也真够丑的，看上去太笨重了。"

"他也许是在整理草皮呢，说不定就是因为这个才用牛啊。他肯定舍不得要王子和淑女这么累。"劳拉在给他说话。不过，与其说她在跟玛丽解释，还不如说她是在对自己解释呢。

"每个人都忙着干活，"玛丽又说，"没有人能在这个夏天好好享受享受。但是如果说有人的话，那就是内莉·奥利森了，她倒是想坐着他的马车到处去玩。你是知道的，奥利森家的放领地和怀德家的东边挨得很近。"

"你最近看到她了吗？"劳拉问。

"我一个人都没瞧见，"玛丽回答，"所有的女孩都到她们父亲的放领地去了。而凯普天天赶马车。本·伍德沃斯一直在火车站做事。最近，自从弗兰克的父亲和他一起经营商店后，他就一直忙着商店的事情，忙得都没有时间说话了。明妮和亚瑟和家人一起去他们家的垦荒区了。而劳拉你呢，我们从四月开始就没有再见面啦。"

"没关系啊，到了明年冬天，我们就可以天天见面啦。另外，如果得到妈同意的话，我可能要来镇上做事啦。"劳拉跟玛丽说，她非常想和贝尔小姐一起做事。

突然，劳拉发现太阳都爬到了头顶，时间过去了很久了。她在木材厂的办公室那待了一会，听到马基先生说马基太太和马蒂最近过得还不错，就是有点想她。接着，她很快告别玛丽·鲍尔，赶紧回家去了。因为她在镇上耽误了太多的时间，虽然她加快了脚步，一路小跑着回家，但等她回到家里的时候，午饭都准备好了。

"真的抱歉，我在小镇耽搁得太久了。不过我遇到了一些事情。"她解释说。

"怎么回事啊？"妈问。卡莉也问道："都有些什么事情啊？"

劳拉提到她碰见了玛丽·鲍尔，还去见了马基先生。"我和玛丽·鲍尔聊了很久，"她跟她们说，"时间过得好快啊，我还没有意识到这么晚了呢。"接着，劳拉又提到了另一件事："贝尔小姐想要我去她的店里帮工。我能去吗，妈？"

"哦，劳拉，我还真不知道怎么办呢。"妈大声地说，"你才刚回家一阵子。"

"她能给我每天五十美分的酬劳，从早上七点做到下午五点，午饭要自己解决。"劳拉告诉家人。

"报酬还不赖，"爸说，"你自己要准备午餐，不过能够早下一个小时的班。"

快乐的金色年代
These Happy Golden Years

"但你回家是为了陪陪玛丽啊。"妈又说。

"我知道啊,妈,我能够每天早上、晚上都陪着玛丽,而且周日还有一整天的时间呢。"劳拉说,"我也不知道是什么原因,我就觉得自己应该去挣钱。"

"一旦你能挣钱了之后,你就会一直想去挣钱的。"爸说。

"我不仅每周能赚三美元,"劳拉说,"而且也能陪着玛丽啊。我们有很多的时间能待在一起,是吗,玛丽?"

"是啊,当你不在的时候,我能够将家务活都做完。"玛丽提议,"到了周日,我们还能一起去散步。"

"这倒是给我提了一个醒,新的教堂最近建好了。"爸说,"明天早上,我们就要一起去教堂。"

"我真高兴能去看一看新的教堂,真的不敢想象会有一座新的教堂!"玛丽说。

"当然是真的啊,"爸跟她保证,"明天我们就去亲眼看看。"

"那么下周一呢?"劳拉问。

"哦。你到时能去贝尔小姐那帮忙做点事。不管怎样,你能先试做一段时间。"妈说。

周日的早上,爸将马套上马车,全家人一起坐着马车去教堂。这新的教堂不仅高大,而且是崭新的,里面

149

的椅子长长的,坐在上面感觉很舒服。玛丽非常喜欢这些椅子,因为她们学校里只有一个很小的教堂。只是这里面几乎没有她熟悉的人。在回家的路上,她说:"陌生人真多啊。"

"有人来,就会有人离去,"爸跟她说,"我刚认识了一个新来的人,他已经将放领地卖掉了。也许就是他的家人不能适应这儿的生活,他就将这儿的财产都变卖掉,回东部去了。而那些坚持下来的人又是那么的忙碌,彼此之间根本没有时间去交往。"

"没关系的,"玛丽说,"不要多久,我就要回学校了,我认识那里的每一个人。"

吃完午餐,卡莉忙完了自己的活儿,就坐在那读《青年朋友》,格蕾丝去附近的牧场上和那些母鸡玩,爸就躺在窗边的摇椅上休息一会儿。然后,劳拉就说:"快点啊,玛丽,我们一起去走走吧。"

她们沿着大草原一直往南边走着,一路上满目都是盛开着的六月野玫瑰。劳拉摘了许多的玫瑰,放在玛丽的怀里,多得玛丽都捧不住了。

"啊,这花儿太香了!"玛丽不停念叨着,"我太想念春天的紫罗兰了,不过没有什么能和这草原上的玫瑰花香相比的。真高兴又回家了,劳拉,虽然我只能待一段时间而已。"

"我们可以一直待到八月中旬啊。"劳拉说,"只是玫瑰花可没法开这么久呢。"

"在玫瑰花绽放的时候,应该趁着芳香下摘啊。"玛丽对劳拉说了一句诗。然后,她们继续在这玫瑰花香四溢的暖风中前行着。玛丽提到她文学课的学习情况。"我真希望有一天能写一本书。"她跟劳拉说,接着又咯咯笑着,"不过我还是计划去学校教书的啊,只是现在你帮我实现了这个愿望,所以,你将来写一本书也有可能的啊。"

"你是说我,写书吗?"劳拉大叫着。她开心地说了自己的愿望:"我要像怀德小姐那样,做一个教书的老小姐。你还是自己写书吧,你都打算写什么东西?"

可玛丽没有再继续谈这个话题,而是将话题转移了,她问劳拉:"妈在信上跟我提过怀德家的那个小伙子,他现在在哪儿呀?记得他有段时间,经常出现在我们家啊。"

"我想他现在在自己的放领地上忙得不可开交吧。现在人人都忙着。"劳拉回答说。她没有说自己在镇上碰到过他。不知是什么原因,她每次谈到阿曼乐的时候,总是有点儿害羞。她和玛丽俩人都抱着大把大把芳香的玫瑰花,安安静静地朝家里走去。

夏天很快就过去了,周一至周五,劳拉每天早上都会

提着午餐盒去小镇上。爸最近在新来的人盖房子的工地上做木工活,所以经常能和劳拉一起走。劳拉在做缝纫的时候,一整天都能听到工地上传来的斧头和拉锯的声音,只有在中餐时间能稍微安静一点。因为要弯腰干活,所以她的肩膀有时会隐隐作痛,不过运动运动就不痛了。然后,他们一起在家里度过美好的夜晚。

吃晚饭的时候,劳拉会和大家讲讲她在贝尔小姐店里看到和听到的一些故事。爸就会说一些他听到的新闻,他们都讲着放领地和房子里正发生着的故事:玉米长得怎么样,妈给玛丽做得衣服怎么样了,格蕾丝找到了多少个鸡蛋,还说那只麻母鸡总是在外边偷偷地下蛋,而且还孵出了二十几只小鸡呢。

在餐桌上,妈提醒大家,明天就是七月四号了——美国独立纪念日:"你们都有什么计划呢?"

"我真不知道咱能做点什么,卡洛琳。如何阻止四号的到来,我感到无计可施。"爸开着玩笑说。

"好啦,查尔斯,"妈笑着责备爸,"我们要不要庆祝一下呢?"

餐桌上没有人开口,陷入一片沉默之中。

"大家畅所欲言,我真听不清你们讲了什么。"这时该妈和大家开开玩笑了,"假如要庆祝一下的话,我们今晚

快乐的金色年代
These Happy Golden Years

就要好好计划一下。玛丽在家我太高兴了,你们瞧,我都差点忘了明天就是独立日啊,我还没做任何的准备呢。"

"整个假期不都在庆祝吗?我觉得这样就够啦!"玛丽平静地说。

"我每天都要去镇上做事,假如能休息一天就是庆祝啦。"劳拉接着说,"不过我还是想听听卡莉和格蕾丝的意见。"

爸这时放下手中的刀叉,跟她们说:"让我来跟你讲吧,卡洛琳,你和孩子们一起准备一顿丰盛美味的大餐,我明天去镇上买一些糖果和爆竹回来。我们就在家里庆祝一下属于我们的独立纪念日,你们觉得这样可以吗?"

"请多买一些糖果啊,爸!"格蕾丝跟爸请求。卡莉急切地说:"还要买很多很多的爆竹。"

第二天,每个人都享受着这段美好的时光,他们觉得这要比到小镇上去好玩许多。有那么一两次,劳拉在想阿曼乐·怀德会不会在镇上遛他的棕色马儿,而内莉·奥利森每次也会在她的脑海里闪现一下。但是,假如阿曼乐真想见她的话,他就会来找她的。但是她自己啊,她不想采取任何行动。

时光飞逝,夏天已经溜走了,到了八月的最后一个礼拜,玛丽回到学校去了,家里又像从前那样空荡荡的。现

在，爸正拿着他那把旧镰刀收割小麦，因为麦田不大，所以不需要请人帮忙做事。玉米成熟之后，爸又将玉米收割回来，堆成很多小堆，爸已经被这些沉重的农活累得又黑又瘦。地里的活儿不少，镇上的活儿也很多，爸没有任何的休息时间，越来越多的人涌进了小镇，在这儿定居。

"我想去西边！"有一天，爸跟妈说，"这里实在太小了，让人憋屈得喘不过气来。"

"噢，查尔斯！你说这太小了？你看看周围那片大草原是什么啊？"妈说，"我真的受不了那种搬来搬去的生活，我还以为我们选择这儿定居了呢。"

"好啦，我想我们会在这儿定居的，卡洛琳，不要担心。只是我这双已经流浪惯了的脚又想去走走了，就是这样啦。不管怎么说，我和美国政府的那场赌局还没赢呢，我们会一直住在这里，一直到赌赢，将这放领地真正变成属于我们的土地！"

爸说这话时正站在门口，一双深蓝的眼睛眺望着起伏的大草原深处，一直向西，劳拉能理解爸的心情。爸是为了她们才选择定居下来的，就好像她当时去教书一样，虽然她是那么的讨厌被关在教室里，但还是不得不一次又一次去那里。

不听话的马

已经是十月了,野天鹅开始南飞。爸又将所有的家具装上篷车,一家人又搬回到小镇上。已经有很多的人搬回了小镇,教室里的座位慢慢被坐满了。

很多男孩已经不再去学校了。一些人搬到了放领地。本·沃德沃思去车站工作了,弗兰克在帮忙打理商店,还有凯普·加兰,他每天拉着他的马儿,替人运送干草、煤炭,还有一些其他的东西,他在小镇和放领地之间不停穿梭着,忙得不亦乐乎。渐渐地,学校里的位置已经严重不

足了，镇上四处是新来的人，他们的孩子需要上学，所以低年级的孩子们不得不三个人挤在同一个座位上，看来，明年冬天这儿需要建一座更大的学校了。

有一天，劳拉和卡莉从学校回到家，发现妈正陪着两个客人坐在客厅内。那个男人她们都不认识，但是劳拉觉得那个年轻的女士好像有点面熟，她也正静静地看着自己。当劳拉和那女士彼此对视的时候，妈一直微笑着，没有说什么话。

过了一会，那个女士笑了起来，劳拉也认出她了。她就是爱丽丝堂姐啊，她和艾拉还有彼得曾经一起参加了大森林里的小木屋圣诞节。那时爱丽丝和玛丽都已经是大姑娘了，而艾拉就是劳拉的小伙伴。劳拉亲吻了爱丽丝问："艾拉也来了吗？"

"没有啊，她和她的丈夫都没有来。"爱丽丝说，"不过这儿有个人我给你介绍一下吧，这是我的丈夫——亚瑟·怀廷。"

亚瑟的个子很高，长着一头黑色的头发，眼睛也黑黑的，看上去他心情很不错。劳拉也很喜欢他。不过，在他们留下来做客的一个礼拜里，亚瑟总是显得不自然，像个陌生人。而爱丽丝和玛丽一样，就好像是这个家庭的一份子一样，显得自然大方。每天放学之后，劳拉和卡莉总是

快乐的金色年代
These Happy Golden Years

匆匆忙忙地赶回家,因为爱丽丝和妈会坐在阳光灿烂的客厅里等着她们。

到了晚上,他们就吃着爆米花、太妃糖,听听爸的小提琴演奏,然后一起谈论着曾经的时光和未来的打算。

艾拉的丈夫就是亚瑟的弟弟,叫李·怀廷,他们的放领地离这儿大概是四十英里的样子。堂哥彼得在春天的时候也会搬过来。

"我们一起在大森林里生活似乎都是很久很久以前的事情啦。如今,我们又在这大草原上重聚了。"有一天晚上,爱丽丝说。

"要是你的爸妈也能来的话,那就太好了。"妈满怀希望地说。

"我想他们还是会住在明尼苏达州东部的。"爱丽丝告诉她,"他们只能走到那儿,在那儿他们过得很开心。"

"真是奇怪呀,"爸说,"人们在不停地朝着西部迁移,这里就如同河水上涨时人浪的边缘地带。有的人迁来,有的人搬走,有人后退,也有人前进,但大部分的人还是一直往西部前进。"

爱丽丝和亚瑟只住了一个礼拜。在周六早上,他们很早就穿戴整齐,在脚边放一个取暖的热熨斗,在口袋里装满烤土豆,然后驾着雪橇回四十英里外的家里去了。

"请代我向艾拉问好啊！"劳拉又一次亲吻了爱丽丝，跟她道别。

天气很晴朗，但温度降到了零度以下，道路上铺着厚厚的积雪，但是天空没有任何预兆着暴风雪的乌云，这种天气真的很适合滑雪橇，但这个冬天不会有雪橇派对了。也许是那些男孩子们每天赶马太辛苦了。劳拉偶尔会远远地瞧见阿曼乐和凯普，他俩正在一起训练两匹马儿拉车，看上去非常的忙碌。

周日的下午，劳拉看到他们又急急忙忙地经过了几趟。有时候是阿曼乐在驾车，有时候是凯普坐在雪橇里用力地拉紧缰绳，想办法让这两匹马儿跑起来。有一次，爸放下手中的报纸，抬起头说："这两个小伙子啊，有一个迟早会摔断脖子的。这个小镇上可没有人敢去驯服这两匹烈马。"

爸说这话时，劳拉正在给玛丽写信。她停下了笔，想起了那个寒冬，就是阿曼乐和凯普冒着无人敢冒的风险，给这些饥饿的人们运来了救命的粮食。

当敲门声响起的时候，劳拉的信已经写好了，她将它们对折好。劳拉打开门一看，原来是凯普·加兰正笑着站在那儿。他脸上的笑容非常的明亮，他问："你愿意去坐一坐那两匹马拉的雪橇吗？"

快乐的金色年代
These Happy Golden Years

劳拉吃了一惊，其实她并不讨厌凯普，还是很喜欢他的，只是她希望邀请自己坐雪橇的那个人不是他，就在那一瞬间，玛丽·鲍尔和阿曼乐的样子在她心头一闪，她不知道要不要答应他。

但凯普继续说着："是怀德派我来邀请你的，因为那两匹马根本停不下来。等一会他就会经过这儿，顺便带上你，假如你愿意的话。"

"没问题，我愿意！"劳拉大声地回答，"我就去准备准备。你进屋来坐会儿吗？"

"不用啦，谢谢你。我还要回去告诉他呢。"凯普回答。

劳拉的速度非常快，但当她走出门时，那两匹马已经在很没耐心地刨着地跳跃着。阿曼乐正用双手牢牢地拽着缰绳，看到劳拉坐上了雪橇，他对她说："很不好意思，我没办法亲自拉你上雪橇了。"她刚一坐上雪橇，马儿就撒开腿沿着大街一路狂奔起来。

大街上空荡荡的，没有其他的马车，这两匹烈马在疯狂地跑着，它们好像要挣脱阿曼乐手中的缰绳，甩开束缚。它们一路沿着镇南边的马路朝着前方飞奔而去。

劳拉坐在雪橇里，安静地瞧着马儿那飞扬的马蹄，还有它们那向后竖起的耳朵。这真是有趣极了。看到眼前的

这一切，她想起了很久以前的事，那时候她和莉娜一起骑着黑色的小马在草原上奔跑着。寒风迎面吹来，雪花一片片地钻进她的外套里。那两匹马儿摇晃着脑袋，竖着耳朵。阿曼乐勒住它们欢快的步伐，朝着小镇跑去。

阿曼乐很吃惊地看着她问："难道你不知道，这个小镇上除了我和凯普·加兰之外，没有人敢坐上这两匹马拉的雪橇？"

"听我爸说过啊。"劳拉回答。

"那你怎么还敢坐呢？"阿曼乐非常想知道。

"哦，我还以为，你早就将它们驯服了呢。"劳拉吓了一跳，这下该她问他问题了，"但是，你为什么不要王子和淑女来拉雪橇呢？"

"因为我打算把那两匹马卖掉，但我首先要驯服前面这两匹马拉车才行。"阿曼乐解释说。

两匹马儿又一次撒开腿狂奔起来，劳拉沉默地坐着，它们朝着家的那边狂奔而去，好像想尽快回到小镇上。阿曼乐这时要全神贯注，用尽全身的力气来驾驭这两匹喜欢逞强的马儿。远处的大街好像一个模糊的黑点，一闪而过，它们继续在草原上朝着北边奔去，阿曼乐紧紧地拽着缰绳，又一次掉转马儿。接着他听到了劳拉的笑声："假如这样就能驯服它们的话，我很愿意帮你的忙。"

快乐的金色年代
These Happy Golden Years

他们又聊了一会儿，一个小时飞快地过去了，冬日里的夕阳在渐渐下沉。过了一会儿，雪橇停在了劳拉家门前，阿曼乐还是紧紧握住缰绳，劳拉很快地跃出了雪橇。阿曼乐跟她说："周日的时候，我会再来接你的。"劳拉还没来得及答应，那两匹烈马已经按捺不住地冲了出去。

"看到你坐在这两匹马拉的雪橇上，我有点害怕。"当劳拉走进屋时，妈对她说。

爸从报纸里抬起头说："我觉得怀德好像要谋杀你，不过我还是得说，你好像很开心啊，看看，你的眼睛都在放光。"

在那次之后的每个周日下午，阿曼乐都会来接劳拉，然后一起开始一段雪橇之行。但是，他和凯普每次都要先去赶马，差不多要耽误大半个下午的时间，马儿才会安静一会。不管劳拉怎么说，阿曼乐都没有同意在马儿不累的时候，让她上雪橇。

那年的圣诞节，新教堂内摆放着一棵圣诞树。很久以前，劳拉和卡莉在明尼苏达州的时候也看到过一棵圣诞树，但是格蕾丝却从来没见过。在劳拉的记忆里，那年的圣诞节最值得回忆的事情就是，当格蕾丝看到圣诞树时脸上流露出的那种喜悦，圣诞树上挂着许多的小装饰，有点燃的小蜡烛、颜色鲜亮的糖纸包裹着的糖果，树枝上还挂

满了礼物。

当劳拉将格蕾丝的圣诞礼物,一个洋娃娃,从树上取下来,送到她手上时,劳拉也突然收到了一份非常意外的礼物,她原本还以为是谁弄错了。那是一个很小的黑色皮质的盒子,外边有一个蓝色丝绸装饰,里面有着非常好看的蓝色里衬,一把洁白的发刷和梳子就摆在上面。劳拉又看了看那包装纸,那上边的确清清楚楚地写着她的名字,但是她不认识那个笔迹。

"这个礼物会是谁送给我的呢,妈?"她问。

爸也走过来看了眼礼物,他的眼睛闪着光芒说:"我无法肯定这礼物是谁送的,但是,劳拉,我有件事要和你说说。我看到阿曼乐·怀德在布拉德利的杂货店买下了这个盒子。"然后,他带着微笑看着劳拉那惊愕的表情。

新的学校

在一个礼拜四,劳拉离开了学校,三月的第一场风刮得非常凶猛,她正走在回家的路上,这风让她有点喘不过气来,这不仅仅完全是寒风的缘故,更因为刚刚得到的消息。还没等她开口说话,爸先开口了。

"你准备好了吗?我们这周搬回放领地去,卡洛琳?"

"这个礼拜吗?"妈有点吃惊。

"校董会打算在佩里家的放领地建造一所学校,就在我们放领地南边不远的地方。"爸说,"所有的邻居都会

去帮忙建造学校，校董们打算雇用我来负责这项工作。所以在我开工以前，我们需要提前搬回那儿去。我们要在这周搬回去，才能够有充足的时间在四月一日之前建好房子。"

"我们随时都能搬啊，查尔斯。"妈回答。

"那么，就在后天出发吧。"爸决定说，"不过我还要宣布一件事。佩里说他们学校的董事会想聘请劳拉去当老师。你觉得怎么样，劳拉？假如你打算去的话，你就需要去考一个新的证书。"

"噢，我很喜欢在离家不远的学校教书。"劳拉说。接着，她就告诉大家一个消息："明天就是教师资格证考试的日子。欧文先生在今天公布了这个消息。考试场地就在我们学校，所以我们明天放一天假。我真希望自己能通过二级证书的考试。"

"我相信你能做到的，"卡莉非常坚定地鼓励着劳拉，"因为你的学习总是那么的好！"

劳拉还是有点担心，她说："我没花什么心思去进行复习，如果要通过考试，就只能依靠我现在掌握的东西啊。"

"那就是最好的状况啊，劳拉。"妈告诉她，"假如你临时急急忙忙地去学习，只会让你更加的迷糊。你如果能取得二级证书，我们会很开心，但是，就算你只拿到了三

快乐的金色年代
These Happy Golden Years

级证书,我们也一样为你感到开心。"

"我会全力以赴的。"这是劳拉唯一能承诺的。第二天早上,劳拉一个人去了学校,因为要去参加教师资格证的考试,她的心情非常紧张。教室里感觉有点奇怪,一些陌生人四散地坐在那些座位上,还有不少的空位。站在讲台前的不是欧文先生,而是威廉姆斯先生。

考试的题目已经写在了黑板上。整个上午都非常安静,教室里只能听见钢笔沙沙的写字声和翻纸的声音。每过一小时,不管你完成的怎么样,威廉姆斯先生都会收一次卷子,然后就在讲台上进行批改。

劳拉在规定的时间内做完了每一张试卷。那天下午,威廉姆斯先生微笑着递给她一张证书。劳拉还没有看证书上的字,但是她已经从威廉姆斯先生的笑容里得到了想要的答案——二级证书!

劳拉非常高兴,一蹦一跳的,一路喊叫着回到家。到家后,她静静地将证书给妈看。接着,她看到妈的脸上绽放出灿烂的笑容。

"我就说你能通过的!我跟你说过的,你肯定能考到二级证书的。"卡莉非常的高兴。

"我也非常肯定你能拿到的。"妈夸奖她,"你第一次和陌生人一起考试,只要没有人打扰你,你就没问题的"

165

"现在,让我给大家再宣布一条好消息。"爸笑着说,"我刚开始没有说,是希望作为你取得教师资格证测试之后的奖励。佩里说,学校的董事会付给你每月二十五美元的工资,一共要教三个月,从四月到六月。"

劳拉激动得有点说不出话来。"上帝啊!"她惊呼道,接着说,"我还从没想过啊……哎呀!哎呀,爸……这样的话,我就不止每周挣一美元了。"

格蕾丝瞪着她那双圆溜溜的蓝眼睛,她非常认真又有点崇拜地说:"劳拉就要成为富翁啦。"

大家都愣了一下,突然又一起开心地笑了,格蕾丝也害羞地跟着笑着,尽管她根本不知道大家在笑什么,当大家安静下来后,爸说:"现在,我们就搬回放领地,开始去建造学校吧。"

所以,在三月的最后一个礼拜里,劳拉和卡莉从放领地步行去学校。三月的春风吹着,天气不错,充满了春天的味道。每天傍晚,她们在回放领地时,都要去南边看看学校的建造进度。

在三月的最后一天,佩里家的男孩子们将学校的围墙刷成了白色。这真是一座美丽的小学校。

雪白的学校屹立在绿色的草原上,玻璃窗上那一排排的玻璃在清晨耀眼的阳光中闪闪发光。劳拉从刚刚长出新

快乐的金色年代
These Happy Golden Years

草的草坪朝新校舍走去。

七岁的小克莱德·佩里正在门前的台阶上玩耍，他的读本第一册就摆在身边。他将新的门钥匙交给劳拉，然后像个小大人一样严肃地说："这是父亲要我给你的。

打开教室门，里面非常敞亮。教室的墙壁是用新木材做成的，看上去非常的干净，闻起来有股淡淡的清香。阳光从东侧的窗户照进了教室内。在教室最后面的那面墙上挂着一块干净、崭新的黑板。在黑板的前面摆着教师的讲台，这张讲台是从市场上买来的，上面涂着光滑的油漆，在阳光的照耀下，显示着一种蜂蜜色，在讲台上还放着一本厚大的《韦氏简明字典》。

在讲台的前面，整齐地摆着三排从市场上买来的新桌椅。每张桌椅都刷上了光滑的蜂蜜色油漆，和老师的讲台非常搭配。靠墙的位置摆着最外侧的桌椅，而中间摆着的几排桌椅之间还空出了两条走道。每一排摆了四个座位。

劳拉在门口站了一会儿，又看了看这个崭新亮堂而又装修豪华的教室。过了一会，她站到了讲台上，然后将午餐饭盒摆在桌下的地板上，然后将她那阔边的遮阳帽挂在墙上。

大字典的边上还放着一个小时钟，此刻正在滴滴答答

地转动着，指针刚好指到九点钟的位置。劳拉想，这个钟肯定在前一天晚上就上好了发条。可以说没有什么能比这个学校更加完美的。

她听到孩子们在教室外边窃窃私语，于是将他们都叫了进来。

除了克莱德之外，还有另外两个孩子，有一个小男孩和一个小女孩。小女孩说，他们是约翰逊家的孩子，现在正在学习读本第二册。这些孩子就是她要教的学生。而且这个学期不会有其他的孩子加入进来。

劳拉觉得自己只要教三个孩子，不应该得到那么高的薪酬——每月二十五美元。但是，当她在家里说起这事的时候，爸回答说，教育一个孩子和教育十二个孩子都差不多，一样要付出很多的心血，这是她应得的报酬，因为她花费的教书时间也是一样的。

"可是，爸，"她又说，"每个月二十五美元呢。""不要再纠结这件事啦，"爸说，"他们为能用这样的价格请到你感到很高兴，那些大的学校开的薪水是三十美元呢。"

既然爸这么说的话，那就不会错了，劳拉这样安慰自己，她会认真地去教这些孩子们的。他们学得很努力，除了阅读和拼写外，她还教他们书法和数字，还有加减法。她为自己学生的进步感到很自豪。

快乐的金色年代
These Happy Golden Years

在那个春天里,她感到了以前从未有过的幸福。在那些美好的清晨,她呼吸着清新的空气,穿过那开满紫罗兰的洼地步行去学校。她闻到空气中弥漫着紫罗兰的芬芳。她的学生们也很开心,每个学生都那么乖,不仅学习努力,功课也做得非常好。而且他们和劳拉一样,小心翼翼地避免将这个崭新干净的学校弄脏。

劳拉还将自己的课本带到了学校去,当学生们在自己位置上学习时,她也会读自己的课本,如果有不明白的地方,就查一查桌上的大辞典。在课间休息或者长长的中午休息时间时,孩子们在各自玩耍,她就开始编织一会绸带。她总是喜欢看着窗户外边互相追逐的云朵,听着外边百灵鸟愉快的歌声,看着那些小地鼠为自己的生活而忙碌不停。

每天放学之后,劳拉都步行着穿过那片长满紫罗兰的小洼地,闻着空气中那醉人的花香。

有时碰到周六的时候,劳拉就会步行着去西方的大草原,穿过大草原就能去布朗神父的领地去。而这段路差不多有一英里半的路程。

有时候,艾达和劳拉会一起走到更远的地方去,一直走到房子后边那片高地的最高点。站在那儿,她们能够遥望到六十英里外的威灵斯顿山脉,远远看去,它就如同一

片蓝色的云儿在地平线上腾起。

"它们是如此的美丽,我真想走到那边去看一看。"劳拉有一次说。

"哦,我不知道。"艾达回答,"当你到了那儿,你就会发现那只是一座山而已,就和我们这儿一样,长满了非常寻常的水牛草。"艾达一边说一边踢了一脚眼前的绿草丛,这些小草都是从冬天的枯草中冒出来的,带着春天的活力。

从某一种角度来看,她说得很有道理;但是,从另一个角度来说,却不是那样的。劳拉不知道该怎样来表达自己的这种想法,但是,对她而言,威灵斯顿山脉可不仅仅是一座青山。威灵斯顿山脉那模模糊糊的轮廓,一直在诱惑着劳拉去远方。可以说,威灵斯顿山脉是劳拉的梦想。

下午步行回家时,劳拉仍然在想着威灵斯顿山脉,它那乌黑的影子伫立在蓝天下,显得如此的神奇,好像只要穿越几英里碧绿起伏的大草原,就能抵达那儿,但她却希望能一直走下去,去看看山那边的世界是怎样的。

劳拉明白,自己的这种情怀和爸对西部的向往一样。

她也清楚,他必须和爸一样,需要安心地待在如今定居的地方,帮忙打理家务,去学校教书。

那天晚上,爸问劳拉,她打算怎么处理自己的那笔工

快乐的金色年代
These Happy Golden Years

资。"哦，"劳拉说，"我会把钱交给您和妈。"

"我来跟你说下我的打算吧，"爸说，"当玛丽回家的时候，我们需要准备一架风琴，这样她就能在家里练习在学校学的音乐，而且风琴对女孩子们都不错。小镇上刚好有人要变卖自己所有的东西回东部去，他们那儿有架风琴要卖，只要一百美元就能买到了。那架风琴的音色非常好，我试过了。只要你愿意用上你挣的钱，我再给你补上另外二十五美元，就能买到手了，另外，我还打算盖一间屋子，这样就能用来放风琴。"

"我非常高兴能够买到风琴。"劳拉说，"但是你知道啊，爸，我要等整个学期结束以后，才能拿到那七十五美元的工资。""劳拉，"妈插了一句话说，"你应该给自己买点衣服了，你的那件印花棉布衣服在学校穿还行，但是到了夏天，你需要一件漂亮的裙子，你去年的那件细麻布裙子真的不能再穿啦！"

"我知道呢，妈，可你想想假如我们家有一架风琴，那该多好啊！"劳拉说，"而且我觉得我还能继续给贝尔小姐做事，那样就能挣到买衣服的钱了。现在的问题是，我还没拿到那笔工资啊。"

"你一定能拿到的啊，"爸说，"只是你确定用那笔钱来买风琴吗？"

171

"哦，没问题呀！"劳拉跟爸他，"对我来说，没有什么比买到一架风琴更好的事啦，而且玛丽回家的时候也能用。"

"那么这些问题就没有啦！"爸高兴地说，"我会先支付那二十五美元，而且他们也会相信我们会在你的工资到手之后就马上付清剩下的钱。天啊！我觉得像是在过节一样！将我的小提琴取来吧，小家伙们，让我们先来段没有风琴的演奏。"

他们全家人齐聚在这春日的暮光里，爸拉着小提琴，开心地歌唱着：

献给害羞的十六岁的年轻姑娘，

献给五十岁的妇人，

献给富贵炫耀的女王，

献给三十岁的家庭主妇，

献给有美丽酒窝的女孩，

献给没有酒窝的女孩，

献给拥有一双美丽蓝眼睛的女孩，

献给只有一只蓝眼睛的女孩！

接着，他的心情变了，小提琴演奏的曲子也跟着发生

快乐的金色年代
These Happy Golden Years

了变化。他们唱着：

啊，我要去南方和萨利相见，

整日唱着快乐的歌谣，

我的萨利是个神采飞扬的女孩，

整日唱着欢快的歌谣，

再见，再见，再见，我的小精灵，

我要出发去路易斯安那，

去和我的苏西·安娜相见，

整日唱着快乐的歌谣！

夜幕降临，大地陷入一片黑暗之中，夜空明澈，大大的星星悬挂在空中，小提琴还在低鸣，唱着一首美妙的歌。

然后，爸说："接下来的这首歌，送给你们，我的女儿。"配合着小提琴的低鸣，爸轻声吟唱起来：

金色年华已溜走，

欢乐的、欢乐的金色年代，

随着时光的翅膀溜走，

这些欢乐的金色年华，

就让时光逆转,

幸福的回忆重现,

噢,时光飞逝,珍惜光阴,

这些快乐的金色年华。

听着听着,劳拉的心微微颤抖,音乐在春日的星空下飘走,飘向远方,渐渐消失。

棕色的长裙

既然妈都说自己要买点衣服了,那劳拉就明白自己该去怎么做了。所以,在周六的早晨,她去小镇去见贝尔小姐。

"你能来帮我的忙,真的太开心了。"贝尔小姐说,"面对这么多的活,我实在是力不从心啊,我多希望你能来帮我的忙,但是我记得你现在是在学校教书啊。"

"礼拜六我们放假,"劳拉笑着说,"到了六月份以后,礼拜一到礼拜五,我都能来做事。假如您同意的话。"

所以,每逢周六,她就一整天都在帮贝尔小姐做衣

服。在学期结束之前,她就已经挣了足够的钱,能买十码漂亮的棕色绸缎料子了,那还是贝尔小姐从芝加哥那边订购过来的。每天晚上,她一回到家,总是会看到一些新鲜的变化,妈正在用那匹绸缎给她缝制衣服,爸正在建造那间放风琴的房子。爸将那间房子建在正屋的东侧,房门向北开,刚好朝向小镇,并在屋子的东侧和南侧的墙上都开了窗户。而在南侧的那个窗户下,爸做了一张很矮但是很宽的椅子,宽得能让一个人躺在上面睡觉,几乎能当一张多余的床使用。

有一天晚上,当劳拉回家时,那间新房子就建造好了。风琴也被爸买回来了,它就靠在门边那面北边的墙上。真是一架好看的风琴啊,外边是锃亮的桃木漆,还有一个高高的琴背。风琴的木质防尘罩几乎都能碰到天花板了。除了这些以外,那名贵的桃木上还镶嵌着三面厚厚的小玻璃镜子,在乐谱架的两端还各安置着一个用来摆煤油灯的架子。乐谱架子微微朝后倾斜着,上面雕了镂空的旋涡形图案,背后有一块红布衬着。乐谱架后边还安装着铰链,能够将乐谱架子支起来摆放乐谱。而在乐谱架的下边还横躺着一个又长又光滑的琴盖,这个琴盖能够折起来放在风琴上,也可以打开之后,盖住风琴上的黑白琴键。

琴键上方还有一排写着"强音""弱音"和其他名称

快乐的金色年代
These Happy Golden Years

的音栓,将它们拉出来之后,就能够调节风琴的音调。而在琴键下面也有两根木杆,当这两根杆子一起向外抽的时候,琴声就会变得非常响亮。在拉杆的下面就是倾斜着的踏板了,上面有罩子罩着。弹琴的时候必须用脚上下踩动踏板,鼓动风琴里面的风箱。

而且这架美丽的风琴,还有一张桃木凳子,顶端是圆圆的,四个凳腿稍微有点弯曲。格蕾丝看上去很喜欢这张凳子,她非常兴奋地吵着,劳拉都无法继续欣赏那架风琴了。

"看啊,劳拉,看啊。"格蕾丝一边说着,一边坐到那凳子上,用力扭动着旋转。凳子的凳面装在一根螺丝杆上面,能够随着格蕾丝的旋转而不停地上下升降。

"这个地方以后就不要再被称作小棚屋啦。"妈说,"它如今是一幢真正的房子,因为有四间房间了啊。"妈将窗帘布都换成了白色的绸子布窗帘,窗帘的边上挂着白色的编织小穗子。在南侧的窗户角落里摆着一个古董架子。而在东边的墙上,摆着一个木制的托架,上面放着一个牧羊女瓷娃娃。在东侧的窗户下面还摆着两张非常舒服的摇椅。在南侧的窗户下还有几张木凳子,上面铺着色彩亮丽的编织垫子。

"这个地方让人感到多舒服啊,真适合来做针线活呀。"妈看着这个新的起居室,脸上流露着幸福的笑容。

177

"我要尽快将你的裙子做好,劳拉。说不定周日的时候就能让你穿呢。"

"不要着急。"劳拉对妈说,"我要等拥有一顶新帽子时,才会穿上那件裙子的,不过,我还需要做两个周六的活,才能攒够买帽子的钱呢。"

"好啦,你喜欢这架属于你的风琴吗,劳拉?"爸从马厩走过来问道。卡莉正在另一间屋子里挤牛奶。那个房间现在已经作为厨房使用了。"

"天啊,格蕾丝!"妈大声叫道。只见那刚刚在凳子上玩耍的格蕾丝一不留心随着凳子一起摔到了地板上,格蕾丝马上爬了起来,坐在地上,吓得不敢说话,劳拉也有点吃惊,因为那张凳子被摔成了两半。这时,爸大笑起来。

"没关系的,格蕾丝,"他说,"我想你应该是将凳面下的螺丝转到头了,但是,"爸马上又严肃地说,"你不可以再玩凳子了啊。"

"我不会的,爸,"她说完后想努力站起来,但头却有点晕。劳拉赶紧过去扶起她,让她站了起来,然后跟爸说自己有多么喜欢这架风琴。她真恨不得时间马上过去,让玛丽回来,让她弹风琴,爸拉小提琴。

吃过晚饭时,妈又提到这儿已经不仅仅是一个简陋的小棚屋了。这厨房多么的宽敞,里面有火炉、橱柜,还有

快乐的金色年代
These Happy Golden Years

餐桌和椅子。

"到了后年,这儿也不再是放领地了。"爸跟妈说,"也就是说,再过十八个月,我们就能拿到证明,这儿将成为我们自己的土地了。"

"我可不会忘记这个消息的,查尔斯,"妈说,"当我们从政府手中拿到所有权证书的时候,我会感到非常骄傲的。从现在开始,我们可以有足够的理由称这儿为'家'了!"

"到了明年,假如一切顺利的话,我会将这房子再翻新装修,刷上油漆。"爸对自己承诺。

又一个周六,等劳拉的时候,她已经将新帽子买了回来。劳拉小心地拿着帽子,而且将帽子用纸包着,生怕沾到灰尘。

"贝尔小姐说,我最好今天就将这帽子带回家,因为她怕其他人看中它,将它买走了。"她跟大家解释,"她说我随后再做那些工作,也是一样的。"

"那你明天就可以戴着新帽子去教堂啦。"妈告诉她,"因为你的裙子我也做好了。"那件闪闪发亮的棕色绸子连衣裙正在劳拉的床上躺着,裙子烫得平平整整的,正等着她去看呢。

"噢,来给我们看看你的帽子吧。"大家都看到那顶帽子以后,卡莉就央求着想拆开看看,但劳拉不想这个时候

打开包装。

"现在还没到时候呀,"她拒绝说,"等我明天穿好我的新裙子,再戴上这顶帽子的时候,你们就能看到啦!"

第二天早上,大家都很兴奋,很早就起床了,在做着去教堂的准备。那天早上的天气很好,阳光灿烂,空气清新。野云雀在天空中唱着歌,晨曦吻着青草叶尖的露珠。卡莉穿上那件只有在周日才穿的浆洗过的细麻布裙子,扎着周日才戴的发带,然后静静地坐在床上,看劳拉穿戴。

"你的头发真好看啊,劳拉。"她赞叹着。

"可惜我没有玛丽那样的金色头发啊。"她回答。但是,当她站在阳光下梳理的时候,也觉得它们非常好看。发丝柔顺纤细,又浓密,棕色的长发在没有编成辫子之前,一直垂到膝盖上,散发着健康的光泽。紧接着,她将长发朝后梳理,然后用发夹将那已经编好的辫子固定住,最后再挽起来。然后,她又将夹刘海的卷发夹子取下来,仔仔细细地将这浓密的卷刘海好好整理一下,最后再穿上那双擦得锃亮的高筒皮靴。

接着,她又小心翼翼地将裙箍套在衬裙上。她非常喜欢这些新的裙箍。这可是当时东部最新流行的款式,也是贝尔小姐进来的第一批新货。这些裙箍不是用铁丝做的,在它的前面有几条宽带子,几乎垂到膝盖,而且,这些

快乐的金色年代
These Happy Golden Years

带子能够紧紧地挨着衬裙，让外边的裙子看起来非常的平整。这些带子能够从背后将衬裙固定好，还能任意调整高度。裙箍的两端还有一些短带子，能够利用这些带子将裙箍下面扣合在一起，使裙箍能够伸放，调节大小。也能系住前面的那些带子，将裙箍往后面拉紧，这样的话，就能使外边的裙子看上去又圆润又光滑。因为劳拉不喜欢太大的裙箍，所以她将带子系在了前面。

然后，她又将最好的外衬裙小心地套在裙箍外面，然后又在浆洗过的外衬裙外套上新裙子的打底裙。那也是用棕色的细麻布做成的，尺寸和裙箍非常合适，裙箍刚好将裙摆支撑起来，和地面垂直，几乎就要碰到地面了。在裙摆的底部，以一英尺宽的棕色丝绸作为边线，镶嵌着用棕色绸缎做成的十二英尺宽的荷叶边。荷叶边用的绸缎可不是普通的平面绸子，而是上面有着镂空花纹的丝绸。

然后，在这件打底裙和浆洗过的白色束胸外面，劳拉又套上了一件收腰的连衫裙。裙子的长袖子非常的平滑，一直遮到手腕的位置，尺寸很合适，非常的完美。袖口是一圈平面的丝绸，领子高高挺起，在领口处还点缀着一圈光滑的丝绸。裙子的上半身很合身，前面有一排棕色丝绸做的小圆扣。而裙子的下摆刚好从臀部的位置柔滑地朝下

散开，一直垂到底裙的荷叶边上，裙边上也点缀着一圈普通的丝绸。

劳拉还在那蓝色丝绸领口的周围系了一条蓝色丝带，有两英尺宽。她还将妈送的那个珍珠领针，别在那蓝色丝带上。丝带一直朝下飘到腰际。

最后，劳拉打开那帽子的包装，拿出新帽子。卡莉看到那个帽子之后，不停地称赞着。

那是一顶鼠草绿的帽子，用比较粗的干草编织成了太阳帽的形状。当劳拉戴上之后，她的头刚好被全部遮住。帽边儿散发着光芒，衬托着她的脸颊。这顶帽子的里衬是蓝色的丝绸，下面是一根宽大的蓝色丝带，系在左耳那里，将帽子牢牢地固定住。

蓝色的里衬，蓝色的缎带蝴蝶结，再加上蓝色的大领口，将劳拉那美丽的蓝眼睛刚好完美地衬托出来。

等卡莉跟着劳拉一起走出卧室时，爸和妈还有格蕾丝早就准备好了，随时能够去教堂。爸将劳拉从头到脚仔细地端详一遍，从头顶那顶帽子到裙下的荷叶边以及那柔软的黑色皮靴。然后他说："都说漂亮的羽毛装扮漂亮的鸟，要我说只有漂亮的鸟才能长出漂亮的羽毛。"劳拉听到爸这样说，高兴得不知说什么好。

"你看起来真美啊，"妈也称赞道，但她又说道，"但你要记住，人只有外在美是不够的，一定要心灵美。"

"我记住了，妈。"劳拉回答。

"这真是一顶可爱的帽子呀。"格蕾丝说。

"这不仅仅是一顶帽子，而是一顶宽边的遮阳帽。"劳拉跟格蕾丝解释。

然后，卡莉说："等我以后成了大姑娘，我也会自己去挣钱，然后给我自己买这漂亮的衣服。"

"也许你的那件衣服会更加漂亮呢。"劳拉很快地答道，不过她还是有点吃惊。她都没意识到自己如今已经是一个年轻姑娘了。她当然是一个大姑娘啊，看她挽起的长发，看她那几乎垂地的长裙。她也有点不确定自己到底喜不喜欢成为一个大姑娘。

"快点吧，"爸说，"马儿已经在等着了，要是再晚点的话，我们就会迟到啦！"

阳光多么的明媚，心情多么的喜悦。所以劳拉真的是非常恼火坐在那个教堂里，听着布朗神父讲那些枯燥的经义，这让周日似乎比平时更加无趣。窗外大草原上的野草生机勃勃，绿油油的，柔和的清风温柔地拂过她的脸颊，引诱她去外边走走。她好像觉得这一切意味着这样的一天不应该在礼拜完之后回家就了事，而应该有更多的收获才对。

183

回家之后,妈、卡莉还有格蕾丝马上就换上了平常穿的衣服,但是劳拉不想这么做。她问妈:"我能不能继续穿着这套衣服,妈?我会在它外边罩上一个大大的围裙,而且我会格外注意的,行吗?"

"你想穿的话就穿吧。"妈同意了,"假如你小心一点的话,我觉得你不会弄脏这件衣服的。"

吃完午饭,劳拉将餐具洗好之后,就带着忐忑不安的心情去外边逛逛。天空是那么的蓝,而在天空中飘荡着的白云好像雪白的珍珠一样,闪着光彩。大草原一望无垠,四处都是绿油油的。房子周边的那排白杨树已经长得很大了,当时爸买回时它们还是小树苗,可现在都有两个劳拉那么高了。白杨树在风中伸展着柔软的枝条,树叶沙沙响着,劳拉站的地方刚好被树叶遮住了,形成了一片光影斑驳的绿阴。劳拉就站在那片绿阴中,举目望去,看看这片可爱而辽阔的大草原。

她朝小镇的方向望去,见到有一辆四轮轻便马车刚好从皮埃尔家商店的角落里冲了出来,沿着小路朝大沼泽的方向狂奔而来。

那是一辆崭新的四轮轻便马车,车轮和车顶在阳光的照耀下,光彩夺目。两匹棕色的马齐头并进,一路飞奔着。噢,那两匹马好像就是自己曾经帮忙驯服的马儿啊?

快乐的金色年代
These Happy Golden Years

的确是啊，就是它们呢！它们从沼泽地那边掉头朝着劳拉奔来，这时，她看见那个驾车的人就是阿曼乐。马儿的速度渐渐慢了下来，在劳拉的身边停住了。

"可以邀请你一起坐着马车去兜风吗？"阿曼乐问她。当爸正从家里出来时，劳拉也用自己那一贯的语气回答他："哦，我当然愿意。我马上去准备一下！"

然后，她戴上那顶宽边的遮阳帽，跟妈说自己要去兜风了。卡莉的眼睛扑闪扑闪的，她站到劳拉面前，踮起脚尖在劳拉耳边悄悄地说："你没有换下这件漂亮的衣服，是不是很高兴呀？"

"是呀。"劳拉也小声地回答她，她真的很开心因为她的裙子和遮阳帽都那么精致好看，这让劳拉感到很高兴。阿曼乐很小心地铺开亚麻布防尘罩，然后劳拉将防尘罩遮在裙子上，这样防尘罩的边缘就能遮住底裙下边的荷叶边，那样的话，新衣服就不会沾到灰尘了。他们在午后的阳光下朝南边奔跑着，朝着远处的亨利湖和汤普森湖跑去。

"你觉得这新的四轮轻便马车怎么样？"阿曼乐问她。

这是一辆好看的马车，表面是厚重的黑色，黑得发亮，而车轮则是有光泽的大红色。座椅很宽敞，椅背向后

185

微微弯曲，上面铺着厚厚的垫子。支撑车篷的那个支架是可以调节的，不仅可以拉起来，而且可以折叠起来放到后面。劳拉还从来没看到过这么豪华的马车。

"马车非常漂亮啊。"劳拉很舒坦地躺靠在椅背的皮垫子上说，"我还从来没有坐过这么豪华的马车呢，这种椅背好像没有木制的那么高，是不是？"

"也许这样能坐着能更舒服一些呢。"阿曼乐一边说，一边将胳膊伸到椅背上。他可不是想要去拥抱劳拉，但他的手臂却真的搭在了劳拉的肩膀上。她只能耸耸肩，但阿曼乐的手臂还是一点都没有移动。劳拉只能将身子朝边上微微一侧，将头伸到车外，摇了一下放在马车挡泥板上的鞭桶里的鞭子。不知什么原因，那两匹马使劲蹬了一下朝前冲去。

"你们这两个小魔鬼！"阿曼乐惊叫着，然后两脚用力踏住车板，双手紧紧拉住缰绳，他现在要用两只手才能控制住缰绳。

过了很久，这马儿才慢慢平静下来，将步伐放慢下来。

"假如这马儿真的挣脱了缰绳跑走了，那该怎么办呢？"阿曼乐有点气愤地说。

"那么它们就会自由地奔跑，一直跑到草原的尽头。"

劳拉大笑着,"而且不会有什么东西能挡住它们的脚步。"

"那还不是差不多嘛!"阿曼乐说,然后他又接着说,"你非常的独立,是不是?"

"是的啊。"劳拉回答说。

那天下午,他们一直驾着车,走了很长的一段路程。一直朝着亨利湖跑去,然后就围着它转圈儿。在亨利湖和汤普森湖之间有一块非常狭窄的陆地,它被这蔚蓝色的水域给包围着,而且一次只能允许一辆马车通过。在路的两侧栽满了小白杨树和小樱桃树,而树下则结满了野葡萄。湖边的天气很凉爽。大风从湖面上吹来,吹过那层层叠叠的树木,他们能够看到那小小的浪花拍打着湖岸。

阿曼乐减慢了车速,他跟劳拉说,他种了八十英亩的麦子,还有三十英亩燕麦。

"你知道我要管理属于我的放领地和放领林地。"他跟劳拉说,"而且除了这些以外,凯普扣我还要去很远很远的地方,给那些离小镇很远的人运一些木材过来,因为有很多房子和学校要搭建,我必须要通过赶车来挣回这马车的钱。"

"你为何不驾着你原来的那辆马车呢?"劳拉很想知道原因。

"我去年秋天就卖掉了那辆马车，买下这两匹小马，它们分别叫巴纳姆和跳跳。"他解释说，"我知道在今年冬天，我就能够驯服它们拉雪橇的。但是，到了春天的时候，我需要一辆马车。而假如之前我有马车的话，肯定会经常去看你的啊。"

他们一边聊天，一边驶过了那两个湖之间的陆地，然后绕过亨利湖的边缘，朝着北方的草原驶去。不时的，他们能看到一个个新搭建的简陋小棚屋。有些小棚屋边上还盖了马厩，附近还有一些已经开垦了的土地。

"因为不断有人搬进这儿，所以变化很大啊。"阿曼乐一边说着，一边沿着银湖的岸边向西走，往爸的放领地驶去。

"我们刚刚才跑了四十英里，就已经看到六栋房子。"阿曼乐扶着劳拉下马车的时候，太阳已经下山了。

"假如你觉得坐马车和乘雪橇一样有趣的话，那么，我下周六还会来接你的。"他说。

"我喜欢坐马车。"劳拉回答他说。一时间，劳拉觉得很害羞，赶紧拔腿跑进屋里去了。

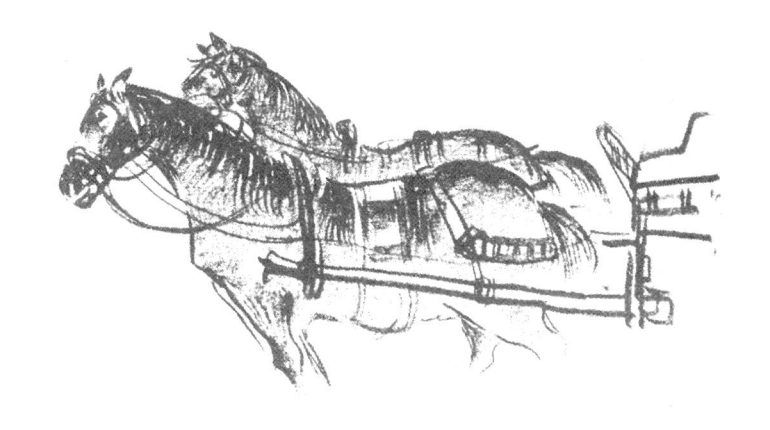

内莉·奥利森

"我觉得,"妈说,"事情没发生还好,但是一发生就一发不可收拾了。"奇怪的是,周二的晚上,来了一个附近放领地的年轻人,他来邀请劳拉下周日一起去驾车兜风,到了周四晚上,另一个年轻的邻居也来邀请她下周日一起去兜风。到了周六晚上回家的时候,又碰到第三个年轻人,他用自己运货的马车送她回家,然后邀请她第二天一起去兜风。

那个周日,阿曼乐和劳拉一起朝北行驶,经过了阿

曼乐的两个放领地，抵达了灵湖。阿曼乐的放领地上建造了一个非常简陋的小棚屋，而在他的放领林地上却没有任何的建筑，但这些小树都长得很好。阿曼乐很用心地照顾着这些小树苗，他需要花费五年的时间来精心照料这些树苗，那样才能申请到这片林地的所有权。而且这些树比他自己预料的还要长得好些。过去他总认为树苗很难在草原上成活，否则草原早就有了一片一片的大森林了。

"那些政府的专家们都规划好了，"他跟劳拉解释道，"他们打算利用这些树将整个草原都覆盖住，从加拿大一直延伸到印第安人保留区。土地局连图都画好了，哪些地方该种些什么树，假如你要申请这块土地的话，就需要将它作为放领林地来申请。有一件事他们肯定没错：那就是只要这些树能活下来一半，那么它们的种子就能将这块土地变成森林，和东部的森林一样。"

"你也这样觉得么？"劳拉吃惊地问道。不知什么缘故，她真不敢想象这片草原有一天会变成森林的样子，和威斯康星州一样。

"哦，时间将证明一切，"他回答，"无论如何，我会做好自己的那部分，我会尽力养活这些树苗。"

灵湖风景优美，但是也非常荒凉。阿曼乐穿过那满是乱石的湖岸，那儿的湖水很深，风激起一阵水浪，高高地

快乐的金色年代
These Happy Golden Years

撞在岩石上,掀起一阵阵浪花。灵湖的边上曾经有一个印第安人的小土堆,传说那是一个墓地,但是无人知道那里面是什么。湖岸上长着高大的杨树,还有野葡萄藤和一些长得很茂密的苦樱桃。

他们回来的时候经过镇里,同时经过了奥利森家的放领地。他们家的放领地就位于阿曼乐家的放领地东边一英里远的位置。劳拉以前还从来没有见过内莉·奥利森家的放领地,劳拉为她感到有点难过,她家的房子小小的,孤零零地伫立在野草丛中。奥利森先生没有喂马,只有两头牛,他的放领地也没有爸开垦得那么好。但劳拉只是稍微瞄了那一眼,她可不想因为想起内莉·奥利森而破坏掉这么美好的一天。

"那我们又该说再见了,下周日见吧!"阿曼乐在离开她家时跟她约定好。因为劳拉已经去过了亨利湖和汤普森湖,还见到了灵湖和湖边那个奇怪的印第安小土堆,这个地方对她而言有了很大的不同。她非常想知道下周日会是怎样的。

周日下午,当她看到马车从那边的大泥坑奔跑过来的时候,她非常惊奇地看到,马车里已经坐了一个人。她很想知道那个人到底是谁。她想阿曼乐那天是不是没打算带她去兜风。当马儿在门口停下时,她看到了和阿

曼乐一起来的人竟然是内莉·奥利森。还没等她说话，内莉·奥利森就已经呼喊着："劳拉，快上来，和我们一起乘马车去吧！"

"要不要我帮忙，怀德？"爸一边问，一边朝马头那边走去，阿曼乐说他很高兴能得爸的帮助。于是爸替他抓住缰绳，而阿曼乐就等待着扶劳拉上马车。劳拉当时慌乱得有点不知所措，随便由阿曼乐扶上了马车。内莉挪动了一下身子，给她让出了一个位置，还替她盖好防尘罩。马车才刚刚出发，内莉就开始讲了起来。她说她是多么喜欢这辆马车，她也非常喜欢那两匹小马，她还对阿曼乐的驾驶技术进行了一番赞扬，然后，还对劳拉的衣服进行了一番猛夸。"哦，"她说，"劳拉啊，你的帽子真是漂亮极了！"她可根本没有停下嘴让别人开口说话的想法。她说她不想去看亨利湖和汤普森湖，因为她都看得有点腻了。她还说今天的天气实在是太好了，而且这片土地看上去也非常的美丽，当然，还是比不上纽约州，不过，如今我们都在西部，和纽约州比的话，那又有什么意义呢？

"你为何不吱声啊，劳拉？"她一刻不停地问道，然后又咯咯地笑着，又接着说，"我的舌头可不是用来做摆设的，我的嘴巴要动个不停才行。"

劳拉的头都有点痛了，耳朵里全是她那喋喋不休的声

快乐的金色年代
These Happy Golden Years

音。她心里很愤怒，但是阿曼乐却好像很喜欢的样子。至少，他看上去像是被逗乐了。

他们还是驱车去了亨利湖和汤普森湖。马车沿着湖泊之间那条狭长的路面行驶着。内莉感觉这两个湖实在太漂亮了。她说自己喜欢湖泊，喜欢清澈的湖水，喜欢树木还有藤蔓，喜欢在周日的下午出门坐马车。她觉得这一切实在太棒了。

当他们回家的时候，太阳都已西沉。因为劳拉家的房子离这儿最近，所以马车先在她家门前停下。"我下周日还会再来的。"阿曼乐扶劳拉下出马车的时候跟她说。在劳拉还没来得及回答之前，内莉又插口说："哦，是啊！我们会来接你的。难道你觉得今天不开心么？难道不好玩吗？那么，可不要忘了呦，周日的时候我们来接你啊，再见了，劳拉，再见！"阿曼乐和内莉朝着小镇驶去。

整整一个礼拜，劳拉都在考虑到时要不要去。对她而言，和内莉一起乘车可没有任何开心的地方。但是从另一个角度讲，她不去的话，那么内莉不是会更加高兴吗？这可就是内莉想要的啊。她相信内莉总是能够找到一些理由在每个周日都约上阿曼乐一起出去的。

最后劳拉还是决定和他们一起去。

周日的这场旅行和上次一样。内莉依旧是打开话匣子

滔滔不绝地讲着。她看上去兴致很高,对着阿曼乐说个不停,笑个不停,几乎没有注意到劳拉的存在。她觉得胜利在望,因为她知道劳拉肯定会受不了这种情形的。

"哦,阿曼乐呀,这些野马儿都被你征服得服服帖帖的啊,你的马车驾驶得太好了。"她用背靠着阿曼乐的胳膊,嘴里念叨着。

劳拉弯下身子,将防尘罩朝自己脚边合拢一点,当她再一次直起腰的时候,不小心将那防尘罩的一角露到了外边那呼啸的草原寒风之中。飞扬的布角吓到了两匹小马,它们朝前猛地一跃,脱缰一样地飞奔起来。内莉这时不停地尖叫起来,还紧紧抓着阿曼乐的胳膊,但那个时候正是他最需要用自己胳膊的时候。劳拉小心地将防尘罩的末端拢了拢,然后坐在上面。

因为没有东西在后面拍打,所以马儿们很快就安静了下来,继续不慌不忙地小跑着。

"天啊,我还从来没有被这么吓到过,从出生到现在!"内莉不停地喘着粗气抱怨着,"这些马实在是太野了。哦,阿曼乐,它们怎么会这样子呢?不要让它们再这个样子了啊。"

阿曼乐斜眼瞧了一眼劳拉,没有说话。

"假如你懂得马儿的话,它们还是非常可爱的。"劳拉

快乐的金色年代
These Happy Golden Years

说,"不过我觉得,它们和纽约的马儿肯定不同。"

"哦,是啊。我永远无法懂得这些西部马,纽约的马可非常的安静。"内莉说,然后她又开始不停地说着纽约,说了一通又一通,好像她是多么了解纽约一样。劳拉对纽约州一点也不了解,而她知道内莉也不是很了解的,但是阿曼乐却非常了解。

当他们打算掉头回家的时候,劳拉说:"我们这儿离波斯特家很近了,我们是不是可以去看看他们?"

"假如你想去的话,我们就去吧。"阿曼乐说。他没有西转,而是直接朝着北边走去,穿越铁轨,又穿越大草地,最后来到了波斯特先生的放领地。波斯特先生和波斯特太太都亲自出门来到马车边。

"哎呦喂,这小马车带来了三位客人呀。"波斯特先生打趣说,他的黑眼睛闪闪发光。"这马车的座位可要比雪橇的座位宽很多啊。雪橇只能坐两个人。"

"马车可不一样。"劳拉告诉他。

"它们好像……"还没等波斯特先生说完,波斯特太太就打断了。"罗伯特!"她喊道,"你不觉得应该叫客人下车来歇息一会么。"

"我们不能待太久呀,"劳拉说,"只能停那么一会儿呢。"

195

"我们只是来这边兜兜风的。"阿曼乐解释说。

"接下来,我们要在这附近掉头回家了。"内莉很严肃地说。

劳拉又很快地打断她说道:"我们还是再继续走一段吧。我还没来过这边呢,阿曼乐,我们还有时间继续走一点吗?"

"朝北边直走的路还不错。"波斯特先生说,他笑盈盈地盯着劳拉。劳拉肯定他也猜到了自己的小心思了。对他回以微笑,于是,阿曼乐继续赶着马车朝北前进。经过了波斯特先生的小屋,他们穿越了银湖东北的一段泥沼。这里有一条路直通小镇,但劳拉知道它又湿又满是泥泞。但马车继续往北驶着。

"真是太蠢了。这可不好玩,这路也叫不错么?"内莉烦躁地说。

"到目前为止还算不错呢。"劳拉轻声说。

"天哪。我今后再也不会来这条路了!"内莉生气地说。不过,她没多久又恢复了她的好心情,她跟阿曼乐说自己和一个优秀的驾手驾着好马儿一起出游是多么幸福的事。

前面有条分岔路往西,阿曼乐将马车朝那边驶了过去,因为内莉的家就在前面一点点。阿曼乐将她从马车里

快乐的金色年代
These Happy Golden Years

扶出来，到了家门口，她抓着他的手久久没有放开，然后说她是多么喜欢这次兜风，还说："下周日我们去另外一条路，怎么样，阿曼乐？"

"噢，内莉，假如你真的那么介意，很抱歉，我建议走的路那么糟糕。"劳拉说。而阿曼乐只是说了句"再见"，然后就坐回到劳拉身边的位子上。

当他们在回小镇的路上，两人都沉默了很久，然后劳拉说："走那条路是不是耽误了你做家务的时间了？"

"没什么要紧的。"他宽慰她说，"反正白天和晚上还有那么多的时间，再说我也没有喂养奶牛。"

然后他们就又一次陷入了沉默之中。劳拉觉得自己和内莉的伶牙俐齿及活泼比起来，真的是又呆又笨。但她还是决定要让阿曼乐自己来决定。她可不会抓住他不放的，可别的女孩子也别想一点点地把她从他身边挤开。

又到家了。阿曼乐和劳拉下来后站在马车边，他说："我想，我们下周日还能一起去兜风吧？"

"不可以去三个人。"劳拉回答说，"假如你想带内莉去的话，那你就去吧，但请不要来叫我了。晚安。"

然后她默不作声地回到屋内，关上了门。

有时，劳拉还是走路去学校，当她穿过那片长满了紫罗兰、花香四溢的大洼地时，她也会想起，阿曼乐下周日

还会来叫她吗？有时，当她看到那三个小学生在勤奋学习的时候，她会中断一下自己的学习，看看外边的天空，看着云朵儿的影子在窗户外边那阳光闪烁的草地上滑过，心里就会想：假如他没有来呢？没来就没来吧！没什么大不了的。不过，还是要下周日才知道结果。

礼拜六那天，她去小镇上贝尔小姐的店里帮了一整天的忙。爸在家锄草地，想要把小麦地再扩大一点。劳拉在邮局那边停留了一下，想看看有没有来信，还真有一封玛丽写来的信！她几乎等不及回家听妈读信，因为玛丽会在信里告诉她们什么时候回家。还没有人告诉玛丽家里盖的新房，还有那架等她来弹奏的风琴。

"哦，妈！玛丽写信回来啦！"她大喊着冲进屋子。

"我来做晚饭吧，妈，你去读信。"卡莉说。于是妈从头发上取下小发卡，然后小心地划开信封的封口，坐下来看信。她将信纸展开，开始看着，好像所有的光线都跑到房子外边去了。

卡莉朝劳拉使了一个担忧的眼神。过了一会，劳拉轻声问道："妈，信上说了什么？"

"玛丽说她这次不想回来。"妈说，但是马上又补充说，"我不是说那个意思，她是问我她能不能去布兰奇家里和布兰奇一起度过假期。快去搅搅土豆，卡莉，就要

快乐的金色年代
These Happy Golden Years

糊了啊。"

吃晚饭的时候,大家都在讨论这件事情。妈将信大声地念了出来。玛丽写道,布兰奇的家就在文顿市附近,她很想邀请玛丽去她们家玩玩。她的母亲到时会给妈写信邀请玛丽去她们家。只要爸妈同意的话,玛丽就会过去。

"我觉得她可以去。"妈说,"这对她而言是一个很好的机会,对她有好处。"

爸说:"那就这样吧。"这事就定下来了。那年,玛丽没有回家。

后来,妈和劳拉说,当玛丽离开盲人学校之后就会待在家里,她那时候可能就没有机会去外边旅行了。她能够在年轻的时候拥有一段这么美好的时光,交一些新的朋友,那是一件好事啊。她将来会怀念这段时光的。妈说。

但那个周六晚上,劳拉觉得好像一切都有点不对头。第二天,虽然阳光灿烂,云雀欢快地歌唱着,但对她来说没什么意义。当她坐着那篷车去教堂的路上,她跟自己说,她接下来的日子都只能坐篷车了。她现在很确定,阿曼乐一定会带着内莉·奥利森去兜风。

虽然这么想着,但她回家之后还是没有换下那套棕色的裙子,而是在外边像从前那样套了一件大围裙。时间一分一秒地朝前走着,等到了两点钟时,劳拉看了看窗外,

199

看到那边有一架马车从小镇那边飞驰而来，然后很稳地停靠在她家门口。"你愿意和我乘马车去兜风吗？"劳拉站在门口时，阿曼乐走过来问道。

"哦，好啊！"劳拉回答说，"我马上就好。"

劳拉看着镜子里的自己，脸色红晕，笑意盈盈，她在自己的左耳朵下面系了一个蓝色的蝴蝶结。

上了马车之后，她问道："内莉没来吗？"

"我也不知道。"阿曼乐回答说。过了一会，他很不满地说："她说自己怕马。"劳拉没有作声，过了一会，他接着说："我第一次时就不应该带她的，当时我在路上遇见她，她那时刚好去镇上看望一个人，但是她说自己宁愿和我们一起去外边，她说自己在家里过周日很无趣，感觉时间太长，非常的孤单，我当时都为她感到难过。她当时又表现得很喜欢坐车出去玩。我真不明白你们女孩之间还会合不来。"

劳拉感到很吃惊，这个男人能够对那复杂的农活及马匹了解得清清楚楚，但是对内莉这样的女孩却一点也不了解。但她只是说了一句："不，你不清楚的，因为你没和我们一起上学。我跟你说说我的想法吧，我很乐意你能带上艾达一起。"

"没问题啊，改天吧。"阿曼乐很赞成地说，"不过今天很好啊，只属于我们两个人啊。"

那真是一个美丽的午后。太阳非常温暖，阿曼乐说马儿已经训练得非常棒了，他们能够将车篷升起来。于是，他俩每人用一只手将车篷升了起来，然后将支架上的铰链按下去，紧紧扣住，然后就有了车篷的遮盖。微风轻轻地吹着，马车慢慢前行。

从那天之后，他俩之间就没有必要再做什么周日之类的约定了，每个周日下午两点左右，阿曼乐总是会准时地出现在皮尔森家的小店拐角处，而劳拉每次都会在他抵达门口的时候提前准备好。而爸每次都会从报纸中抬起头瞧她一眼，然后对她点点头，再继续读报。而妈就会说："要记得早点回来啊，劳拉。"

已经是六月了，草原上的野玫瑰盛开着。劳拉和阿曼乐在路边摘了很多的野玫瑰，将整个马车都装满了，整个马车闻起来都芳香袭人。

然而，有一个周日的下午两点，皮尔森的小店那边却始终没有人出现，劳拉不敢去想到底发生了什么事情，直待着。突然，马车出现在门口，而艾达又刚好坐在那架马车里愉快地笑着。

原来阿曼乐去了布朗神父家，将艾达给接来了。他为了送一个惊喜给劳拉，所以特地穿过了小镇西面的那

条道路，然后穿越大泥沼，这样就会在劳拉家的南边出现，所以当劳拉朝北望去的时候，他们早就从相反的方向抵达了。

他们那天一起去了亨利湖，可以说是最开心的一次兜风了。马儿们表现得非常不错，当阿曼乐和女孩子们看着波浪拍打着湖岸时，它们就在岸边随意地吃点嫩草。当艾达和劳拉满抱着野玫瑰回马车时，它们就在那里安静地站着。

道路很窄，又有点低洼，劳拉说，"我在想，会不会哪一天水会将路面给淹没啊。"

"据我所知还没有发生过，"阿曼乐回答说，"不过在很多年以前，也许是几个世纪以前的时候，这两个湖说不定还是一个湖呢。"很长一段时间内，他们都只是默默地坐着。劳拉想，当这两个湖连为一体的时候，它们将是多么美丽，多么充满野性啊！野牛和羚羊在大湖的周边吃草漫步，然后来湖边饮水；狼和狐狸都在岸边生活，无数的天鹅、苍鹭、鸭子、水鸟在那儿筑巢、捕鱼。

"你为何叹气啊？"阿曼乐问。

"我有吗？"劳拉说，"我是在想啊，我们人类一来，这些野生动物就要被赶走了。我多希望它们能留下来啊。"

"有很多的人想猎杀它们的。"阿曼乐说。

"我知道啊,"劳拉说,"但我不知道他们为何要这样做。"

"这里很美啊,"艾达说,"但是这儿离家太远了,我还答应埃尔默今晚和他一起去做礼拜呢。"

回程的路上,劳拉问艾达:"埃尔默是谁啊?"

"他是一个年轻的男孩,他有一个放领地在我家的附近,他就住在我家里。"艾达跟她说,"他想找我今天下午一起去散步的,但是我宁愿来陪你们。你还没有见过埃尔默·麦克康奈尔先生吧?"她想了一下又加了句。

"现在这儿多了这么多的新面孔,我甚至连以前的熟人的动静都没联系呢。"劳拉说。

"玛丽·鲍尔跟鲁斯银行新来的职员在一起了。"艾达告诉她。

"那凯普呢?"劳拉叫道,"凯普·加兰怎么办啊?"

"他现在正被一个住在小镇西边的新来的女孩儿给迷住了,已经着迷了。"阿曼乐跟她们说。

"哦,有点遗憾啊,我们看来很难在一起玩了。"劳拉有点遗憾地说,"当时的雪橇派对多么好玩啊,现在大家都散啦。"

"噢,没事呢,"艾达说,"现在已经是春天了,男孩们都在追逐自己的爱情呢。"

"是啊,也许是这样的。"劳拉唱起来:

> 哦,一听到你吹口哨,我就会来到你身边,朋友。
> 哦,一听到你吹口哨,我就会来到你身边,朋友。
> 哪怕父母会生气,
> 哦,一听到你吹口哨,我就会来到你身边,朋友。

"那么你会吗?"阿曼乐问。

"当然不会啊!"劳拉回答,"那只是一首歌啦。"

"你最好对着内莉吹口哨吧,我想她一定会来,"艾达开玩笑说,接着她又严肃地说,"但是她觉得这些马儿很可怕。让她觉得不安全。"

劳拉开心地笑着:"当她和我们一起的时候,马儿们都有点野啊。"

"那我就搞不懂了。我觉得它们很温顺啊。"艾达坚持说。

劳拉只是笑了笑,然后将罩袍更小心地拢了一下。然后她就发现阿曼乐在艾达的头后边倾过身子瞧着自己,于是就对他眨了眨眼。她可并不在乎他是否知道是她故意吓着马儿,好让内莉感到害怕。

他们一路上开心地说着,唱着,一直到劳拉的家里。

快乐的金色年代
These Happy Golden Years

当艾达离开时,劳拉问道:"艾达,你下周日还和我们一起出去吗?"

艾达的脸一下子就变得通红的,她结巴地说:"我是很乐意的呀,但,但我……我还是觉得我还是想和埃尔默一起去散步。"

巴纳姆和跳跳

六月结束了,劳拉不再教书了,买风琴的钱已经还完了。劳拉学会了一些弹奏的基本技巧,偶尔可以和着爸的小提琴弹奏几个和声。但是,她还是更喜欢静静地听爸拉小提琴,毕竟手风琴是买给玛丽的。

一天晚上,爸说:"明天就是美国的独立纪念日,你们会去参加庆祝活动吗?"

"不,我不愿意去,人太多了,而且还放鞭炮,我们就在家里自己庆祝吧,像去年一样。"卡莉说。

快乐的金色年代
These Happy Golden Years

"我也是,我觉得家里应该准备一大堆糖果!"格蕾丝兴奋地应和着。

"劳拉,你呢?怀德可能会去,还有他的马和马车。"爸问。

"我不知道,他没说过。"劳拉说,"不管怎么样,我还是愿意待在家里。"

"你也这样喽,卡洛琳?"爸问妈。

"当然了,"妈转头微笑着看着大家,"如果你不反对,我会准备一顿丰盛的午餐,孩子们会帮助我的。"

第二天一早,她们忙了一个上午。劳拉在菜园里挖了许多土豆,足够午餐用的了,还小心翼翼地避免伤害到土豆的根茎。她还摘了一些新鲜的绿豌豆,挑选的都是豆荚饱满的。此外,她们还烤了热腾腾的面包,做好了水果馅饼,还用两个鸡蛋做了一个蛋糕。

独立纪念日午餐终于准备就绪啦!除了上面提到的美食,还有妈刚煎的鸡丁,新鲜出锅的煮土豆和豌豆也都淋上了黄油。还得给爸泡茶,可是爸还在回家的路上。爸去小镇买东西了,他买了柠檬、蛋糕和鞭炮,柠檬用来做午后柠檬水,蛋糕则是午后甜点,鞭炮留着晚上再点燃。

爸回来了,他把装东西的纸袋递给妈,转头对劳拉说:"我见到阿曼乐·怀德了,他和凯普·加兰在一起,他

们当时正在把马往车上套。那真是两匹烈马,比老鹰还难驯!只有阿曼乐和凯普才能对付得了。要我说,阿曼乐压根就是入错了行,他应该做个驯兽师。对了,他让我转告你,如果你下午想坐马车兜风,他会把马车驶过来,但你得自己上车,因为他无法下车帮你。此外,他还有两匹马要驯。"

"他这是要摔断你的脖子,"妈说,"他真该摔断自己的脖子!"

妈的表现与往常的温柔风格大相径庭,大家都很惊讶。

"放心吧,卡洛琳,阿曼乐能应付得了。"爸宽慰妈说,"他是一个天生的骑手。"

"妈,你不想让我去吗?"劳拉问。

"劳拉,你自己决定好了,"妈说,"既然你爸说没问题,那就一定没问题。"

一家人尽情享用了丰盛的午餐。妈对劳拉说:"你不用收拾餐具了,要出去就出去吧,记得要穿上那件漂亮的丝绸裙子。"

"不,妈,您已经忙了一上午了,"劳拉说,"我可以做完家务再走,时间多着呢,有的是时间穿衣打扮。"

"你们就不要抢了,让我来吧,"卡莉说,"我来洗,

快乐的金色年代
These Happy Golden Years

格蕾丝负责擦盘子,来吧,格蕾丝。玛丽和劳拉像我们这么大的时候,早就做家务了。"

因此,当阿曼乐来到门口的时候,劳拉已经准备妥当了。阿曼乐驾着两匹陌生的马儿,一匹是枣红色的,有着漆黑的鬃毛和尾巴,长得十分高大;一匹是棕色的,身上有白色的斑点,脖子上还有一块公鸡形状的斑点,"公鸡"还有一个白色的尾巴,也是一个大块头。

劳拉走向马车,可还没等她靠近,那两匹马却突然跳了起来,并且拽着车子来回摇晃,阿曼乐只好松开缰绳,往前飞奔而去。他回头对劳拉喊道:"我马上回来。"

说着,阿曼乐驾着马车绕着房子跑了几圈。当再回到原地的时候,劳拉赶紧走过去,然而那匹长着斑点的马又闹腾起来,枣红色的马也跳起来,她只得又退回来。

爸妈走了过来,卡莉也站在台阶上看,手里还拿着擦盘子的毛巾。格蕾丝站在卡莉旁边,探头探脑地张望。阿曼乐又驾着马车跑了一圈。

"劳拉,你还是别去了。"妈担忧地说。

"卡洛琳,没事的,"爸说,"阿曼乐会处理好的。"

阿曼乐又回到了这里,这次,他把马头勒向另一边,对劳拉说:"快!"

劳拉赶紧走近马车,她一把抓住马车的折叠式把手,

蹬着挡泥板就爬了上去。刚坐上座位，两匹马就又躁动了起来。"这裙箍真是要命！"她一边埋怨，一边把裙摆拖进马车，然后用防尘罩遮住了裙子。

"别碰车篷！"阿曼乐喊了一声，然后就不再说话，专心对付那两匹烈马。他紧紧地拽着缰绳，尽量控制着马。劳拉缩在座位一旁，尽量避免影响到阿曼乐驾车。

马车一路向北狂奔，冲过了小镇，沿途的人群纷纷闪开。劳拉看到凯普·加兰朝自己挥手，还咧嘴笑了一下。

劳拉心想：多亏遮阳帽的缎带是自己亲手缝的，所以才不会被风吹断。

两匹马渐渐慢了下来，开始小步慢跑。阿曼乐说："他们都说你不会来的，只有凯普·加兰猜对了。"

"他和别人打赌了？"劳拉问。

"你想问我是不是和他打赌了吧？"阿曼乐说，"没有，我才不会拿一位女士打赌呢，我还不知道你喜不喜欢这两匹马呢？"

"原来那两匹马呢？"劳拉问。

"卖了。"

"可是……"劳拉说，"我不想评价你的马，但是王子和淑女出了什么事？"

"它俩很好，淑女怀了小马驹，王子没有淑女在身边就不听使唤，正好有人出三百美元买它们，我就卖了。要知道三百美元可不是容易赚到的，买这两匹马只花了两百美元，一来一回我净赚了一百美元。顺利的话，这两匹马以后也会卖个好价钱。驯服它们的过程很有趣，你不觉得吗？"

"我想是的，"劳拉说，"我们可以把它们驯得很温顺。"

"我也这样想，这两匹马都有名字了，有白色斑点的叫'巴纳姆'，枣红色的叫'跳跳'。人们在野外聚餐的地方会放鞭炮，我们不要去那里了，免得让它们再受惊。"阿曼乐说。

在宽阔的草原上，两匹马跑了很远。昨天晚上下了一场雨，草原上坑洼的地方积满了水。巴纳姆和跳跳不愿踩到水，遇到水坑就跳了过去，带着马车也从水坑上飞了起来。但劳拉的裙子上一点也没有溅上泥点。

七月四日，正是盛夏时节，太阳炙烤着大地。劳拉不明白阿曼乐为什么不升起车篷。阿曼乐仿佛猜中了她的心事，解释说："如果升起车篷，那两匹马就会被吓得疯跑起来，就算我和凯普加起来也制服不了它们，所以我只能把车篷降下来。"

就这样，他们在阳光下兜风。草原上的微风让人沉醉，朵朵白云点缀在蓝天上。最后，他们到了幽灵湖，绕

着湖转了一圈，然后从另一条路返回。

"我们已经跑了六十英里，"阿曼乐说，"等会儿，我会把马儿拉住，你自行下车吧。我没法扶你，否则，这两匹马可能会直接跑开。"

"我可以照顾自己，"劳拉说，"看好你的马吧，可是，你不留下来吃晚饭吗？"

"我也想啊，可是我得先把它们赶到小镇上，让凯普帮我把它们卸下来。到家啦，你跳下去吧，注意别碰到车篷。"

劳拉已经努力了，但是仍不小心碰了一下车篷。她刚跳下车，巴纳姆和跳跳就跳了起来，接着它们就冲了出去。

又过了一个礼拜，当阿曼乐再来找劳拉的时候，她已经轻车熟路了，轻松地就跳上了马车。

马车依然向北狂奔，不久之后，就慢慢平静下来。他们去了亨利湖和汤普森湖，这次巴纳姆和跳跳没有发狂，小心翼翼地穿过了两个湖泊之间的小路，返回的时候也是稳稳地慢跑。

"又训练了一周，也许它们已经摸着点门路了。"阿曼乐说。

"它们倒是学乖了，可是不如以前刺激了。"劳拉抱怨道。

快乐的金色年代
These Happy Golden Years

"哦,原来你这样想,那么现在我们就升起车蓬看看会怎么样吧?抓紧了!"

说着,阿曼乐拉起了自己这一边的车蓬支架,劳拉慢了一步,还是学着阿曼乐的样子,拉起了车蓬。

他们刚把车蓬固定好,跳跳就跳了起来,巴纳姆也绷直了后腿,劳拉紧张得大气都不敢出。巴纳姆的两条前腿抬起,在空中胡乱踢着,后腿不断后退,马背几乎和挡泥板一样高了,简直就要把马车掀翻。忽然,巴纳姆猛地一跳,又顿了一下,箭一般地冲了出去,一路上连跑带跳,车蓬晃荡着,更刺激了马儿,于是跑得更快了。

阿曼乐紧紧地勒紧缰绳,缰绳勒得像电线一样直。劳拉蜷缩着,屏住呼吸,祈祷他们不要从马车上摔下来。

马儿终于跑累了,慢了下来,开始小跑。阿曼乐长舒了口气,问:"这样就感觉好玩了吧?"

劳拉浑身发抖,大笑着说:"这样才有意思!只要手里有缰绳就没关系。"

"缰绳很结实,我是专门在肖布家的缰绳店订做的,用的都是最好的皮料,栓钉也比普通的多一倍,还打了蜡。再过一段时间,我想这两匹马应该就会弄明白奔跑和脱缰之间的区别了。"阿曼乐补充说,"它们都是野马,之前还没被缰绳束缚过呢。"

"真的吗？"劳拉笑着说，笑声中还有点颤抖。

"没错，这是它们这么便宜的原因。它们很能跑，但是永远也摆脱不了我手中的缰绳。过段时间，它们就会放弃摆脱缰绳的努力了，而会乖乖地拉车。"

"车蓬还升着呢，马儿会害怕吗？我们该把车蓬拉下来吗？"劳拉问。

"不用了，你下车的时候注意点，只要不碰到车蓬就行了。"阿曼乐回答。

劳拉每一次上下车都很危险，她要在不碰到车蓬的前提下上车或者下车。上车和下车的位置都在两个车轮之间，如果惊到马儿，就有可能被车轮伤到。

这次，当阿曼乐把车停在门口，劳拉小心翼翼地钻出车蓬，快速跳下来。她没碰到车蓬，但是裙子却发出"嗖"得声响，马儿听了声音，吓得窜出去老远。

当她走进房门的时候，腿还有点发软，爸转头看了她一眼。

"又一次冒险成功了？"爸问。

"一点儿都不危险。"劳拉安慰爸说。

"嗯，我知道的，但是如果那两匹马能更温顺一些，我会更放心的，下周你还会出去吧？"

"应该会出去。"劳拉说。

快乐的金色年代
These Happy Golden Years

到了下周,两匹马果然温顺了很多。当劳拉上车时,它们只是静静地站着,过后才小跑起来。马车从小镇穿过,一路向北,跑了几英里之后,马儿全身的毛都被汗水浸透了。

"慢点儿吧,孩子们,"阿曼乐一边勒紧缰绳,一边对马儿说,"跑慢点,你们能凉快一些。"马儿似乎不领情,一点儿也不肯减速。"如果想跑,那就尽情跑吧。"阿曼乐又说。

"真是太热了。"劳拉拨了拨额前的刘海,让脑门也吹吹风,今天的太阳似乎特别毒辣,气温异乎寻常得高。

"要不,我们把车蓬支起来?"阿曼乐有点迟疑地问。

"不,不要这样做,马儿受惊了会跑得更快,这么热的天,可不能跑那么快……"劳拉说。

"嗯,你不介意晒太阳就好,如你所说,支起车蓬会让马儿发疯,这样或许不会让它们受伤,但是我也不想冒这个险。"

渐渐地,马儿的速度降了下来,但仍然在跑。劳拉想早点回去,因为天看上去有点不对劲。

说话间,忽然刮起了大风,天空中乌云滚滚,阿曼乐说:"确实该早点回去了,马上要下雨了。"

他们赶紧调转马头,往家的方向赶去,马儿跑得很

快，但是路途太远了。可怕的旋风掠过草原，在草地上制造了许多漩涡，就像一双无形的手在搅动着草原。

"沙鬼风？"阿曼乐说，"可是这里是草原啊，没有沙子，听说，这是龙卷风的前兆。"

西天上乌云滚滚，预示着一场暴雨即将到来。当劳拉回到家的时候，阳光照射在乌云的边缘，显出诡异的红色，仿佛上天在发怒。阿曼乐匆忙赶回家，他需要在暴风雨到来之前收拾一下。

然而，暴雨迟迟没下，乌云愈发浓厚，低低地压着地面。劳拉睡不着，忽然灯亮了，妈叫起了劳拉。"快起来，劳拉，"妈一手拿着煤油灯一手摇晃着劳拉说，"去帮卡莉穿衣服，你爸说一场大暴风雨就要来了，快！"

劳拉帮卡莉穿上衣服，跟在妈后面。妈一手拿着格蕾丝的衣服一手拿着羊毛毯，急匆匆地朝小地窖跑去。

"快下去，孩子们，快！"妈急切喊着，孩子们立即跳了下去。

"爸呢？"劳拉问。

"他在门口，还在观察乌云的情况，"妈说，"如果情况有变，他马上就能赶过来。只要我们安全了，他也没有后顾之忧了。"接着，妈吹灭了煤油灯。

"太黑了，"格蕾丝拖着哭腔说，"不能让灯亮着吗？"

快乐的金色年代
These Happy Golden Years

"不行,格蕾丝,我们要防止火灾,"妈说,"孩子们,赶紧把衣服都穿好。"

耳畔传来风的怒吼,狂风中还带有狂野的味道,忽然间,一道闪电划过,照亮了眼前的厨房。之后,夜色更加深沉了,黑暗压得人透不过气来。

劳拉和卡莉摸索着穿好了衣服,妈也帮卡莉穿好了衣服,她们靠着墙壁坐着、等着。

劳拉知道在地窖里最安全,但是这幽闭的环境快要让她发疯了。她宁愿和爸并肩站在门口,守望着滚滚乌云,观察暴风雨的迹象。狂风仍在怒吼,又一道闪电划过,厨房里的钟兀自响了一下,已经是午夜一点钟了。

时间仿佛停止了,不知道过了多久,爸的声音忽然传了过来,"都出来吧,没事了,乌云转从我们这里和威灵顿山脉之间穿过,转到西边去了。"

"爸,暴风雨没有靠近布朗牧师的家吧?"

"没有,我只是担心咱们的房子经受不住暴风雨。"爸说。

经过这番折腾,大家都累了,一上床就睡着了。

整个八月,天气都异常炎热,经常下雨,有好几次她们都躲进了地窖,最后暴风雨还是转走了。在这些夜晚,劳拉既感到害怕,也感到刺激,这是闪电和狂风带来的美

妙感觉，是一种怪异的愉悦。

但是每一次度过狂野的夜晚，第二天早上都会感到十分疲倦。爸说："上天是公平的，我们在冬天没有遇到暴风雪，那么夏天就要多遭遇几次龙卷风或者暴风雨。"

"面对这种情况，我们做不了什么，坦然接受就好了。"妈说。

爸打了个哈欠，又伸了个懒腰，说："等暴风雨的季节过去了，我得好好补个觉，现在我得去割麦子了。"说着，他就走出家门，去干活了。

爸是用镰刀割麦子的，镰刀已经很旧了，他买不起收割机。如果买一台，他就得欠债了。

"买一台收割机要花二百美元，借款的利息是百分之十，这会耗尽一个男人的努力的，"爸说，"借钱买收割机去开荒，这是毛头小伙子才会干的事，我还是寄希望于牧草吧，以后多养点牲口。"

为了凑足玛丽的学费，爸卖了一头牛犊，那是艾伦的孩子中个头较大的一个，后来又买了一头母牛。如今，艾伦的孩子都长大了，另一头母牛的孩子也大了，现在母牛和牛犊共有六头，而且今年还会有牛犊出生。这意味着，爸需要充足的牧草和干草。

八月末的最后一个周日，阿曼乐独自赶着巴纳姆来

快乐的金色年代
These Happy Golden Years

了。虽然巴纳姆用后腿站了起来，可劳拉的速度要更快些。不等巴纳姆的蹄子落地，劳拉已经安全地坐在马车里了。

巴纳姆不再蹦蹦跳跳的，而是小步跑着。阿曼乐对劳拉说："我想训练巴纳姆独自拉车。它身体健壮结实，个头也不小，非常适合独自拉车。这可是它必须要习惯的事儿。"

劳拉非常赞同："它可真漂亮，看起来脾气也非常不错。我能试试吗？我想知道自己行不行。"

阿曼乐有些不确定，不过他还是把缰绳交给了劳拉，叮嘱道："一定要抓紧绳子，千万不能被它拖着走。"

从前，劳拉从没感觉自己的手小，此刻握着缰绳，她才发觉，自己的双手是多么娇小，还好，力气不错。她赶着巴纳姆，在商店周围逛了一圈，随后沿着主路奔跑而去。

"人家都目不转睛地看着你呢，"阿曼乐说，"可能他们从未见过一位小姐能驾驭骏马。"

但劳拉已经顾不上其他的了，此刻，她的眼里只有巴纳姆。她赶着马车，一路沿着铁轨路线转过了新建成的贫民区。没多久，她的手就累得发酸了，才刚刚走出小镇不一会，她便把缰绳交还给了阿曼乐。

"等胳膊不酸了,我还想再试试呢。"她向阿曼乐说道。

"没问题,"阿曼乐爽快地答应了,"你想试多久都可以,我还能趁机歇会儿。"

当劳拉再次握起缰绳时,她感觉轻松多了。伴随着一拨接一拨地震动,缰绳将巴纳姆强大的力量传递给了劳拉,一直传递到她手心里。她兴奋地喊道:"巴纳姆一定知道,它知道赶着它的人是我。"

"当然,它是知道的,所以它也没使劲儿奔跑。当心!"阿曼乐抓住快要绷直的缰绳,喊道。

"每次我赶车,巴纳姆都会紧紧拖着缰绳。"阿曼乐说完,突然转了一个话题,"还记得克莱维斯老师吗?他正在筹备一个唱歌班。"

显然,劳拉还不知道这个事儿。于是阿曼乐邀请她说:"如果你愿意,可以跟我一起去。"

"我很愿意,非常愿意。"劳拉回答说。

"那么,下周五七点钟我来接你。"阿曼乐又说,"从前,巴纳姆可不会像现在这样慢慢行走。可能在它看来,跑得够快就能摆脱掉马车吧。"

"让我再驾一会马车吧。"劳拉说道。她喜欢感受来自巴纳姆的力量缓缓传入她手里的那种感觉。每次劳拉拉着缰绳时,巴纳姆好似知道一样,温柔了许多。"它真是乖巧。"劳拉忍不住夸奖道。虽然她知道,它还是在不停歇地尝试着挣脱。

整整一个下午,劳拉和阿曼乐俩人轮流驾车,很快就到达劳拉家了。临走前,阿曼乐叮嘱她说:"下周五七点,我一定按时来接你,不要忘记哦。我会驾着巴纳姆前来,万一它耍脾气的话,你可要准备好。"

唱 歌 班

第二天，镇上的那所新学校开学了，这所学校只有两层教学楼，低年级的学生在楼上上课，高年级的学生在楼下上课，而老师也仅仅只有两位。

劳拉和卡莉在楼上上课，这里大而空，一个小孩子也没有，气氛有些怪异。陌生的男生女生将座位坐得满满的，只有最后排有几个稀疏的空位。等天气冷得农场也无法干活时，就连那几个稀疏的空座也会坐满人。

课间休息时，艾达常常跟劳拉依靠在窗边，静静看着

快乐的金色年代
These Happy Golden Years

外面嬉戏的孩子们；又或者同玛丽·鲍尔、明妮·约翰逊说说话。每周五晚上，艾达和埃尔默都会来这里上课，而明妮和玛丽一样，是每周晚上来上课的。明妮总是跟着哥哥一起来，而玛丽·鲍尔常常是和新交往的男朋友艾德一起来的。

劳拉不解地问："为什么内莉·奥利森没有来呢？"

艾达回答道："你还不知道吗？她搬到纽约去了。"

"不会吧？"

"不会错的，她搬回去跟她的亲戚住在一起。我敢打赌，她一定会对西部的美好生活夸夸其谈的。"艾达笑着说。大伙都畅快地笑出了声。

在那排空荡荡的座位间，一个女孩子孤零零地坐着。她满头金发，身姿动人，可看起来有些闷闷不乐。劳拉好像明白了这是为什么，过去，自己也曾经有过同样的遭遇。大家聊得很开心，可她却孤零零待在一边，害羞得不敢加入。

"新来的女孩子很漂亮呀。可她看起来有些不开心，我得去跟她聊聊天。"劳拉低声喃喃道。

从聊天中劳拉得知，女孩名叫弗洛伦斯·威尔金斯，她们家在镇的西北部有一块放领地。虽然家境优越，可她的理想是成为一名老师。俩人交谈了不一会儿，其他人也

纷纷凑了过来。他们得知，弗洛伦斯不在唱歌班学唱歌，因为她住得实在太远了。

周五晚上，劳拉穿着棉麻的棕色长裙，带着相同颜色的天鹅绒帽子，七点时准时出现在了门口。阿曼乐也非常准时。不等巴纳姆立起前腿，劳拉就快速跳上了马车，阿曼乐一拉缰绳，刚刚停住的巴纳姆又一路狂奔而去。

阿曼乐望着巴纳姆，说道："这可是它头一次忘了直立。"

"也许吧，习惯可不是那么容易改得掉的。"劳拉对此表示怀疑。

唱歌班设在教堂里，进城时阿曼乐叮嘱劳拉："下课后记得早点出来，来这里上课的人不少，巴纳姆害怕被围观。"

"你想走的时候就走，我听你的。"劳拉回答道。

阿曼乐将缰绳拴在一个马桩上，安顿好巴纳姆后，带着劳拉走进了灯火通明的教堂。他已经把俩人的学费都交齐了，还买好了歌曲册。已经开始上课了，克莱维斯先生走过来，分别把他们安排好。唱歌班分成男生组与女生组，而男生组又被分成了高音与低音两个小组。

接着，克莱维斯老师开始讲解音符、休止符号、高低音、多重唱等音乐名词和它们的意思。讲完这些内容后，学生们有了一小段课间休息时间。学生们聚在一起，有说

快乐的金色年代
These Happy Golden Years

有笑地聊着天。课间休息结束后,克莱维斯先生示意大家安静下来。

在练习音阶的环节里,克莱维斯先生不停地敲打音叉,给大家演示高音与低音。等到大家差不多掌握时,他带着大家从高到低唱一遍,又从低到高唱了一遍所有音符。

学生们反复演唱着各种调子,有时候唱得对,也有时候唱跑调了,可课堂上的气氛一直是愉快的。劳拉坐在后几排,时刻注意着阿曼乐的动作。她看到阿曼乐给她做离开的手势时,就悄悄地溜了出去。

他们迅速来到了马车前,阿曼乐说:"我先帮你上马车,再去解缰绳。待会儿我一解开缰绳,巴纳姆可能就会直立起来。你一定要牢牢抓紧绳子,但别用劲往后拉。我尽量赶在巴纳姆开跑前上车。如果我没来得及,你一定要驾驭好它。可以让它跑起来,但千万不能让它挣脱缰绳。别担心,你一定行的,相信自己!驾着它慢慢绕着教堂跑就行。"

虽然劳拉嘴里没说什么,可她还是隐约有些担忧,她可从来没在起步时就驾驭过巴纳姆。她飞快地跳上马车,紧紧抓起放在面前的缰绳,不敢使劲拉拽它。

这时,阿曼乐缓缓松开了系在马桩上的绳子。一得到

自由，巴纳姆立马直立起来，高高抬起前蹄，几乎整个身子都竖了起来。劳拉还来不及松一口气，它便开始飞跑起来。由于速度飞快，马车车轮几乎弹出了地面。

劳拉牢牢握着缰绳，心里紧张极了。巴纳姆拉着马车一路朝大草原疾驰而去，把教堂远远甩在了身后。劳拉不禁用右手拉了拉缰绳，这时，她欣喜地发现，巴纳姆向着右边转了个弯，划出了一个漂亮的圆弧形。劳拉感觉，此刻教堂好似在绕着自己旋转，她开心极了。她均匀地使着劲，拉好了缰绳，但巴纳姆并没有在阿曼乐身边停下来，而是一闪而过，飞奔着前进而去。

这次劳拉不再紧张了，她用右手紧紧拉着缰绳，引导着巴纳姆灵活地转着圈。他们绕着教堂奔跑着，为了能更加用劲拉紧缰绳，劳拉特意从座位上前倾了一点点。巴纳姆终于放缓了脚步，但紧接着又往前一跃，跑了起来。

劳拉紧紧抓着缰绳，任由巴纳姆自由地在大草原上一遍遍奔跑着。她伸出双腿，用尽全力拉住缰绳，这才最终让巴纳姆停了下来。接着，阿曼乐跳上了马车。正当他们要离开之时，教堂的大门被打开了，学生们一窝蜂地涌过来。有人还大声呼喊着："需要帮忙吗？"

巴纳姆一跃而起，朝着前方飞驰而去。

劳拉将绳子交给阿曼乐，心里暗自庆幸，刚好把缰绳交给阿曼乐。

"真是险！要是被学生们堵住，我们可就真的走不了了。你没事吧？"阿曼乐说道。

劳拉费力地回答说："没事。"可她看起来脸上苍白，全身发抖，牙齿禁不住在打战。

阿曼乐俯下身子，不知跟巴纳姆说了些什么，之后巴纳姆就听话地慢慢跑了起来。劳拉说："不关巴纳姆的事儿，它不过是等得太久，有些焦急了。"

"它真的不习惯等那么久，"阿曼乐说道，"下次我们趁课间休息就走。"

"夜色很不错呀，我们走那条远路回家吧，这样的夜晚最适合兜风了。"阿曼乐说。

他赶着巴纳姆，朝着大草原西部的那条通往大沼泽的道路上驶去。星空下的大草原异常美丽、静谧，时而有徐徐清风温柔地吹动着翠绿的小草。

巴纳姆的脚步也慢了下来，看起来很是乖巧，仿佛它也被这迷人的夜色给陶醉了。

阿曼乐轻声感叹道："我都已经忘了，有多久没见过这样明亮的星空了。"

劳拉轻声低吟起来：

星星底下，星星底下，

我们自由而快乐地徜徉，

对你我来说，

再无比这更值得珍惜之事，

我们悄然离去，

如同森林中的精灵，

我们倍感愉快，

我们想轻声歌唱，

此刻无人倾听，无人挑剔，

正是适合歌唱的夜晚，

星星底下，星星底下，

我们自由而快乐地徜徉！

巴纳姆安静地停在门口，劳拉从车上跳了下来。阿曼乐朝她挥手道："下周末我再来接你。"

"我会准时准备好的。"劳拉愉快地回答着，然后就进了屋。

爸和妈正在等她呢，妈轻声叹着气，爸询问她："晚上那匹疯狂的马还正常吗？"

"它并不坏，温顺得很，"劳拉回答说，"我很喜欢它，刚刚我下车时，它一直安静地停在那儿。"

快乐的金色年代
These Happy Golden Years

爸看起来并不相信,妈听了反倒很满意。劳拉心想,她并没有说谎,的确是这样。可她还是不敢把教堂前发生的事儿告诉爸妈,这会让他们担心的,而且可能再也不准她那样做了。说心里话,她十分想驾驭巴纳姆,感觉好极了。或许,只是或许,当她与巴纳姆熟悉起来,有了默契后,巴纳姆真得会温顺许多。

巴纳姆学走路

又过了一个礼拜,巴纳姆和以前好像又有所不同,此时,它拒绝站立,只愿意一直跑步,劳拉只好站在一边等着它,巴纳姆跑了三圈才肯套上马车。然后,巴纳姆又直立起马腿,用尽全身力气拖着缰绳。过了一会儿,阿曼乐不爽地说:"它这分明是想靠马嚼和我一起拉车啊!"

劳拉便主动地请求道:"算了,我来试试吧,你顺便休息一下。"

快乐的金色年代
These Happy Golden Years

阿曼乐这才松了口气:"谢天谢地,但是你得把缰绳拉紧了,以免它再跑了啊!"

于是,劳拉赶紧抓着缰绳,阿曼乐这才放松下来,松开了缰绳。劳拉立刻感觉到了绳子那边巴纳姆的力量了。"天哪,巴纳姆!"她在心中默默地祈祷,"请不要这样用力地拽着啊,你实在太难驾驭了。"

巴纳姆自然知道换了车夫,于是,它伸长了脖子,用嘴巴咬住了马嚼子的张力,也慢慢地放慢了速度,绕着马车兜了一圈,接着慢慢步行起来。

巴纳姆竟然试着走路了,阿曼乐沉默下来,劳拉激动得无以言表,她一点点松开了手中的缰绳,巴纳姆还是在试着继续走着。

这是一匹不想被缰绳束缚的马儿,自从套上了马车,它从未走过任何一步,而如今,它正走在长长的大街上。甚至还伸了伸脖子,张了张嘴巴,这一切都让它满意极了。于是,巴纳姆扬起脖子,继续骄傲地走在路上。

阿曼乐低声提醒道:"把缰绳再拉紧一些,不然它会暴跳起来!"

劳拉却说:"不要,我喜欢让它自由自在地走路,我想它也喜欢这样做。"

大街上的行人们纷纷停下脚步，盯着他们看。尽管劳拉不喜欢惹人注意，但她却不停地告诉自己，放松下来，让巴纳姆继续走路。她轻轻地趴在巴纳姆竖起的耳边说道："真希望他们不要那么看我。"

阿曼乐小声地说道："他们在等着看看巴纳姆是不是可以跑出去，你可以试着把缰绳拉紧，告诉它可以跑了，它会明白你的意思了。"

劳拉却说："算了，还是你来做吧。"由于刚刚的事情太刺激了，她觉得有些头晕。

阿曼乐接过来缰绳，他开始命令巴纳姆跑起来。他不解地问道："自从买了它，我就一直试着让它平静下来，可是它就是不听，现在它却愿意听你的话，你是怎么做到的？"

劳拉回答道："其实我什么也没做，它本来就是一匹聪明的马。"

随后，巴纳姆变得很听话，要么走路，要么小跑，阿曼乐不由地惊叹道："哈哈，从此以后，它会像小绵羊一样温顺可人的。"

但是，他的预言并不准确，到了礼拜五的晚上，巴纳姆又耍脾气，不愿意走路了。劳拉刚刚坐上了马车，阿曼乐就对她说，他们最好趁课间休息的时候离

快乐的金色年代
These Happy Golden Years

开唱歌班。但是，巴纳姆却没有像上次那么听话，它暴躁地发起脾气来，劳拉不得不带着它绕着教堂转悠了一圈又一圈，等它平静下来的时候，唱歌班已经放学了。

劳拉喜欢唱歌班。刚刚开始时，他们只是练习发声，后来，克莱维斯先生教给他们唱简单的歌曲，他不得不用音叉为他们一遍遍地正音，一直到他们的声音开始圆润、协调起来。然后，他们开始合唱道：

> 船只欢快地扬帆起航，
> 穿梭在蓝色的波涛上。

他们反反复复地练习这首歌，直到唱好了，他们又开始唱另外的一首歌，那是一首赞美草地的歌曲：

> 敞开的大门微笑了，
> 它迎向富人，也迎向穷人，
> 我来了，我就在这里！
> 爬满每一块土地。

接着，他们轮流歌唱起来：

小木屋的故事
Little House Books

> 三只盲鼠在奔跑，
> 它们跟着农夫的妻子奔跑，
> 她拿着小刀要割断它们的尾巴。
> 三只盲鼠在奔跑，
> 它们要怎么逃脱？
> 要如何奔跑？

男低音顺着女低音，男高音追逐女中音，女中音顺着女高音，此声起伏，一遍又一遍，直到他们觉得疲惫。于是，他们停下来，哈哈大笑起来，真是有趣！劳拉似乎比其他人更能坚持，因为爸以前曾教给她和卡莉唱这首歌，就是格蕾丝所唱的《三只盲鼠》。

此时，巴纳姆终于温顺下来，劳拉和阿曼乐一直唱到唱歌班结束，就在课间休息的时候，阿曼乐和其他的几个年轻人从口袋里拿出来漂亮的糖果，递给了身旁的女孩子们，那些糖有红白双纹的薄荷糖，还有柠檬味的棒棒糖，还有美妙可口的水果糖。在回家的路上，劳拉唱道：

> 我难以忘记的童年时光，

快乐的金色年代
These Happy Golden Years

> 妈坐在秋千之上。
> 嘴巴里吃着糖果，
> 甜丝丝的味道让人心醉。
> 我得遵守纪律，
> 但我更想唱歌。

阿曼乐感慨道："劳拉，你总在唱歌，我想这就是你喜欢唱歌班的原因吧。"

后来，他们在唱歌班学了很多歌曲，最后的时候，他们还学了一百四十四页的赞美诗，就是那首《天堂的荣光》。

后来，唱歌班结束了，从此以后，再也不会有这样愉快的夜间时光了。

巴纳姆也不再跳跃、乱蹦了。他总是一跃而上，快速地跑起来，然后逐步慢下来。

微凉的空气似乎在告诉他们冬天就要来了，天上的繁星在迷雾中闪闪发亮，看看星星，劳拉又唱起那首《天堂的荣光》。

> 天堂展现一束荣光，
> 就在天空上。

> 日复一日，闪烁它的睿智，
> 夜复一夜，展示它的博学；
> 天地间所有语言，
> 无不诉说着上帝的荣光。

世界开始变得安静起来，巴纳姆在绿草如茵的草原中行走得很快乐，马蹄发出哒哒的声音。

阿曼乐请求劳拉说："你唱一首赞美星星的歌吧！"于是，劳拉温柔地唱起来：

> 星星之下，星光之下，
> 白昼的露珠消失了。
> 夜莺开始歌唱，
> 对玫瑰花唱她最后的一支歌。
> 宁静清澈的夜晚，
> 微风轻拂，
> 从灯光闪烁的房门前吹来，
> 我们却早已离去。
> 大海之端，
> 银白色的水波荡漾轻语。
> 星空之上，星光闪烁，

快乐的金色年代
These Happy Golden Years

我们漫步行走，步伐如此轻快。

唱到这里，两个人陷入了沉默之中，巴纳姆转头走向北边，向着家的方向奔去。劳拉打破了他们之间的沉默，说道："我已经唱了歌，现在你在想什么？"

阿曼乐停顿了一下，然后，他牵起劳拉的双手，在星光下，她的手似乎变得更加白皙了。他的双手被阳光晒得黑黝黝的，他之前从未这样牵起她的手。"你的手真的很小，"阿曼乐停顿了一下，又飞快地说道，"我很想知道，你愿意接受一枚闪闪发光的订婚戒指吗？"

劳拉认真地说："那我得看看是谁送的呢？"

阿曼乐坚定地说："如果我愿意送给你呢？"

"那就看看戒指答应不答应。"劳拉调皮地回答道，说完，她抽回了自己的双手。

下一个礼拜的时候，阿曼乐来得比平时要晚，他满怀歉意地说："对不起，我来晚了。"劳拉坐在他的马车上，跟着阿曼乐一起向前走去。

劳拉说："我们就在这附近转转吧。"

"我们不是要去亨利湖的吗？这可是去采摘野葡萄最后的机会了，那里好像已经下霜了。"阿曼乐说。

午后的阳光很明媚，直到此时，天气还是很暖和。

湖泊之间那狭窄的道路两旁，挂满了熟透的野葡萄。阿曼乐慢慢地驾着车前行，劳拉坐在马车上摘下一串串野葡萄。

他们吃着美味芳香的葡萄，看着阳光下湖水荡漾，不远处的水波拍打着湖岸。

当他们回家的时候，太阳已经落山，余晖的霞光燃烧了西边的天空。当草原上夜幕降临时，晚风吹拂着马车，阿曼乐一只手牵着劳拉，一只手拉着缰绳，他再次提起上次的问话，劳拉却觉得一阵凉意袭过自己的手指，他问道："戒指的话，你觉得这枚怎么样？"

劳拉迎着月光抬起头来，她看清了，那是一枚金戒指，椭圆形的戒指在微弱的月光下熠熠生辉，上面有三颗美丽的宝石，也闪烁着耀眼的光芒。

阿曼乐说："中间的那颗是石榴石，两边各镶嵌着一枚珍珠。"

劳拉沉默了，过了一会，她赞美道："真是光彩夺目啊，我很愿意，我很愿意拥有它。"

"请你收下吧！它本来就应该属于你，明年夏天，我打算在放领地那边的树林里建一座小房子，它仅仅是一座很小的房子，只能容纳下我们两个人，你介意吗？"

"我喜欢小房子，小房子会给我一种安全感。"劳拉说道。

劳拉马上就要到家了,她家的窗口映射出来阵阵灯光,耳边传来爸的小提琴的音乐,爸唱起一首歌,他常常对妈唱这首歌。在音乐中,歌声阵阵传来:

> 我为你建了美丽的城堡,
> 梦境是那么远,
> 温柔的爱人,只有你陪伴我,
> 在那里一起生活。
> 请你接受我的甜美的祝愿,
> 请珍惜我送你的快乐片片。
> 告别的钟声响起来,
> 甜蜜的吻也要结束。

巴纳姆站在门前,似乎也在听爸唱歌,直到爸的歌声结束了,劳拉和阿曼乐才站到了马车的旁边。月光如洗,劳拉温柔地对阿曼乐说:"你可以吻我,向我道晚安。"劳拉迅速地吻了一下阿曼乐,又迅速地跑进了房间里,阿曼乐也驾着马车离开了。

劳拉走进了房间里,爸正巧放下小提琴,他看向劳拉的手,那只戒指闪闪发光。

爸说:"这件事情确定了吧?阿曼乐昨天和我说过这件事情了,我一下便猜到了。"

妈也温柔地交代道:"劳拉,只要你愿意就行。我也曾认真地想过,你爱上的究竟是马儿还是马儿的主人?"

劳拉害羞地低下头说:"我可以两个都选吗?"

妈一直对着她笑,爸故意咳嗽了一声,劳拉明白,爸妈一定知道她现在害羞极了,连说话都有些困难。

阿曼乐要暂时离开了

即使待在家里,劳拉也觉得自己戴着戒指显得很怪异,戒指套在她的手指上有些滑,石榴石和珍珠也常常反光。第二天早晨,劳拉在去学校的路上,好几次试着把它取下来,用手帕包裹好藏起来。但是,她始终下不了决心,这件事情早晚有一天要公之于众。

那天早晨,她一直在纠结,弄得她差点迟到,但她却并不担心。就在她刚刚坐下的时候,欧文先生就示意大家安静下来,开始上课了。劳拉立刻打开课本,把手悄悄地

放在了课本的下面,这样的话,也许大家就不会发现她的戒指了。当劳拉开始听讲的时候,旁边有一束一闪而过的光芒立刻抓住了她的眼球。

原来,艾达的左手也放在桌子上,就在她的左手上,劳拉看到了一枚戒指真真切切地戴在了她的左手食指上。劳拉惊愕地抬起头来,她看到了艾达红扑扑的脸蛋和光彩熠熠的双眼,她顾不上这是上课时间,小声问道:"这是埃尔默送的?"

艾达的脸顿时红得像玫瑰一样美丽,劳拉在课桌的下面,向艾达展示了自己左手上的戒指。

等到下课的时间,玛丽·鲍尔、弗洛伦斯、明妮立刻围了上来,着急地想要欣赏一下她们手上的戒指。玛丽·鲍尔说:"我觉得有些遗憾了,你们会不会就此退学了呢?"

艾达一口否决道:"反正我是不会,不管怎样,这个冬天我会一直坚持上学的。"

劳拉也急忙说道:"我也不会,春天的时候,我还想拿到教师资格证呢!"

弗洛伦斯问道:"那明年夏天的时候,你会在学校里教书吗?"

劳拉说:"只要有学校愿意聘用我,我当然愿意。"

"我也想拿到教师资格证,这样,我就可以在这里教书了，但是，我很害怕那个考试。"弗洛伦斯说道。

劳拉鼓励她说："这有什么害怕的呢？你肯定会通过的，那个考试并不难，只要你考试的时候不紧张，也没有忘记自己学习过的东西，肯定可以通过考试的。"

玛丽·鲍尔失落地说："我没有订婚，也没有打算教书，我好像什么目标也没有。艾达，你也打算去当老师吗？"

艾达大笑不止："我肯定不想去当老师，我甚至从未想过去教书，我更愿意待在家里做家庭主妇，不然，你以为我愿意戴上这枚戒指啊？"

她话未落音，大家就一起笑了起来。明妮问劳拉说："你为什么愿意戴上戒指呢？你也愿意在家里做家庭主妇吗？"

劳拉想了一会，回答道："我也愿意，但是前提是，阿曼乐先建造好房子才可以啊。"

这时，圆屋顶的大钟敲响了，要上课了。这个学期没有唱歌班了，所以劳拉得等到周日的时候才可以见到阿曼乐。到了礼拜三的晚上，当爸问她最近有没有见到阿曼乐的时候，劳拉惊讶地摇摇头。

爸告诉劳拉："我在铁匠铺的时候看到了他，如果他不是很忙，就会在你放学的时候去看看你。对了，还有一件事情，他下周会和罗亚尔一起去明尼苏达州了。中间发生了一些事情，所以他们要比原计划更早一些去那里。"

243

劳拉听到这个消息，有些震惊。她事先一直知道的是，阿曼乐要和他的哥哥去明尼苏达州过冬，但是，他并没有说这样早就过去了啊，唉呀，整个生活节奏都被打乱了，劳拉不免有些心烦意乱。这样的话，每当周日的时候，他们就不能坐上马车转悠了。

想了一会，劳拉无奈地说："好的，我知道了，这样的话，他们就可以在下雪之前去明尼苏达州了。"

"是的，这个季节很适合旅行，天天都是好天气呢！我也给他们打了招呼，待他们走了以后，我来照顾淑女和马车，当然他也愿意把它留在这里，他说那样的话，你就可以天天看到淑女了。"爸说道。

卡莉在一旁央求道："劳拉，带着我一起去转悠一圈吧！"

格蕾丝也大喊道："劳拉，还有我，带着我们一起去吧！"

劳拉只好答应下来，她说自己会带着她们一起转悠，说到这里，劳拉的内心不免空荡荡的，往下的一周都会很无趣，劳拉这才意识到自己是如此期待礼拜天的到来。

一直到了礼拜天的早晨，阿曼乐和罗亚尔才来到劳拉的家里，罗亚尔赶着那辆拉货的雪橇，阿曼乐赶着那辆闪闪发光的马车，爸走出了马厩，前去迎接他们的到来，阿曼乐把马车系在了窝棚了，他解开了淑女脖子上的绳子，把它也系在了马厩里。

阿曼乐留了下来，陪着爸聊了一会天。可是他们并没有聊很久，阿曼乐对妈说，他一会儿就走了，走之前他想见见劳拉。

妈请阿曼乐来起居室坐一会儿，此时，劳拉正在拍窗户下的垫子，她手上的戒指随着一拍一扬，在晨光下显得如此闪耀。

阿曼乐见状，不由得笑道："看看，戒指和你的手很配。"

劳拉也笑了起来，她把手放在阳光下晃悠了一下，金戒指光芒闪耀，石榴石更是无比光亮，珍珠也散发着优雅的气息。

劳拉赞美道："我喜欢这枚戒指，你看，多漂亮！"

阿曼乐却说："我觉得你的手更美，我想你的父亲已经告诉你了，罗亚尔和我要提前回去了，罗亚尔打算驾着马车穿越整个爱荷华州，所以，我们不得不出发了。对了，我把淑女和马车带过来了，这样，你想用马车时就会很方便。"

劳拉问道："那王子呢？"

"我的邻居会帮着我照顾王子和淑女的小马，凯普会帮着我照顾巴纳姆和跳跳。我想到了春天，这两匹马就能派上用场了。"此时，门外响起一阵口哨声，"罗亚尔在喊我回去了，临走之前，吻我一下吧，我走了！"

他们飞快地吻了一下，劳拉送他走到了门口，目送他

和罗亚尔慢慢地走远了,她觉得自己像是被抛弃了一般难过。卡莉摸了摸她的手,问道:"你觉得很寂寞吗?"看到卡莉一本正经的样子,劳拉不由得笑了起来。

"傻瓜,我当然不会寂寞,等我们吃过晚饭,我就套上淑女,带着你们去兜风。"劳拉回答道。

爸走了进来,一直走到了火炉的旁边,他喃喃自语道:"是烧了炉子,屋子里真暖和。卡洛琳,我们是在这里度过整个冬天,还是搬回小镇里去住呢?我已经打算好了,今年冬天的时候不如把镇上的房子租出去吧,这样我们就有钱为这所房子铺上一层焦油纸了,还可以在外面搭建一栋防风墙,对了,说不定咱们还能有钱为房子刷一遍油漆呢!"

妈说:"查尔斯,就按照你说的做吧!"

爸接着说:"还有一件重要的事情,我们已经有了这么多的家禽,光是搬运干草和饲料就能累死人。如果在房子外面搭建防风墙,再贴上厚厚的防水纸,屋里就会立刻变得暖和起来了。我们还可以把火炉搭建在起居室里面,然后备好冬天的煤炭。现在地窖里存满了蔬菜,田地里还有很多南瓜。即使天气很糟糕,我也不用常常跑到小镇上去买东西,我们也不用担心寒冷了。"

妈说:"查尔斯,可是女孩子还是得上学,冬天从这里走到学校的话，是不是太远了呢？我就怕路上会发生暴风雪。"

爸说道："她们上学的话，我会接送，也仅仅有一英里的路程，驾着雪橇很快就可以到达了！"

妈点点头说："挺好的！如果你可以把镇上的房子租出去，我们一起住在这里也不错，我开心的是，咱们终于不用搬家了。"

在下雪之前，放领地的家就被妈收拾得干干净净了，经过重新的装修，这座小房子就像是一个真正的家一样温馨了。房子里，厚重的灰色防水纸遮盖了所有的松木墙壁。经过那么多年的风化，墙壁早就变成了棕色，仅有那些颜色较浅的防水纸照亮了整个房间。刚刚洗过的白色棉布帘子让整个空间显得更为明亮。

当第一场大雪来临之前，爸已经卸下来了马车的车厢，并把它放在了雪橇上，他又往里面塞满了干草。劳拉、卡莉、格蕾丝就坐在铺着毛毯的干草上面，格蕾丝喜欢坐在她们中间。爸每天早上去送她们上学，晚上的时候再接她们回家。

下午的时候，爸赶着马车去学校，他还会在邮局停一下，因为每周都会有阿曼乐寄给劳拉的信件。信上说，他已经来到了他父亲所在的明尼苏达州的家里，待明年春天的时候，他就回来了，请劳拉等着他。

又一年的平安夜

又到了平安夜，小镇教堂里搭起了一棵圣诞树，还好，劳拉送给玛丽的礼物终于在圣诞节前一晚寄出去了。

家里处处是圣诞节的气氛，女孩子们像是捉迷藏一样，偷偷地把圣诞树上的礼物包好。上午十点的时候，天空飘起雪花，但是，只要人们不去教堂看圣诞树，这场雪几乎不会影响人们的生活。整整一个下午，格蕾丝一直趴在窗户前往外看，风好像慢慢地没有那么凶猛了，不过，等到晚餐时间，狂风又开始咆哮起来，天空中满是飞舞的

快乐的金色年代
These Happy Golden Years

雪花。

"我们现在去教堂欣赏圣诞树,是不是太不可思议了。"爸说道,窗外的风还在呼啸,他们不知道,当他们赶到教堂的时候,这场雪会不会变成暴风雪呢。

因为他们并没有计划在家里过圣诞节,所以,这下每个人都有好多事情需要做。劳拉正在厨房里,忙着把铁锅移到火炉里,她要爆爆米花了,她先是在锅里洒了一把盐,待锅烧热以后,她又放进去一些玉米粒。

劳拉的一只手拿着长勺子不停地搅拌,一只手盖住锅盖,以免玉米粒在爆炸的过程中蹦出锅来。

玉米粒爆炸的时候,发出"呼呼"的声响,劳拉又赶紧放进去一捧干干的玉米粒,继续搅拌,这个时候,已经不再需要锅盖了,因为刚刚爆破的玉米花浮了上来,盖住了下面的玉米,这样就可以阻止玉米粒蹦出锅外。

妈正忙着煮蜜糖呢,当劳拉爆出爆米花的时候,妈把爆米花倒出来一些,放在了一个锅上,浇上了一层蜜糖。然后,妈又在手上抹了一些黄油,她把双手伸进锅里,把爆米花捏成了一个个爆米花团。就这样,劳拉一直爆爆米花,妈一直做爆米花团,直到整个盘子里都装满了酥脆的爆米花团。

卡莉和格蕾丝在起居室里做着漂亮的粉红色纱网袋,

这些纱网还是去年做纱门剩下的材料呢,她们把爸从小镇买来的糖果都装在了里面。

"咱们现在的糖果,肯定比教堂圣诞树上的还要多。"爸有些洋洋得意。

卡莉好像发现了不对的地方:"天哪!我们竟然多出了一袋子,格蕾丝你是不是数错了呢!"

格蕾丝愤怒地喊道:"没有!"

妈不喜欢格蕾丝这样没有礼貌,连忙制止了她:"格蕾丝!"

格蕾丝只好再次委屈地喊道:"我没数错啊!"

"格蕾丝!"爸也吼了她一句。

格蕾丝不情愿地说道:"爸!"然后,她接着说,"我真的没数错啊,我现在也可以从一数到五了,别的袋子里的糖果装不下了,剩下的也可以再装一袋子呀。你看看,糖果在粉色纱网里,显得好美啊!"

爸说:"是的,再装一袋也不错。"

这时,劳拉回忆起来,那时她们还住在印第安人的弗底格里斯河,爱德华先生走了大约八十英里路,只为了给她和玛丽送一盒糖果来。劳拉不知道爱德华先生现在身在何处,但是不管他此时在哪里,她都会祝愿他如意、快乐,就像当初他为她和玛丽带来的快乐一样。她甚至回忆

快乐的金色年代
These Happy Golden Years

起，那时他们还在明尼苏达州的梅溪时，他们度过的那个圣诞夜，那时突然下起暴风雪来，爸迷路了，一家人都很担心爸不能回来了，爸吃着圣诞节糖果，在溪流边的雪洞里待了三天三夜。今年的圣诞节，他们是多么幸福啊，可以坐在温暖舒适的房间里，品尝着美味的糖果，还可以享用其他美味的食物。

此时，劳拉多么盼望玛丽也在家里呢，除此之外，劳拉一直控制着自己不去想念阿曼乐，在他最初离开的那段时间，她经常可以收到他的来信，后来，她也可以定期收到他的信件，但现在，劳拉几乎三四个礼拜没有他的消息了。劳拉浮想联翩，是不是老家的朋友们聚会的时候，阿曼乐和以前的女孩们在一起聊天，然后……她不敢往下想了。他是不是已经忘记了自己，或者后悔给自己戴上了这枚闪耀的戒指呢。

这个时候，爸开门说话了："取来我的小提琴吧，让我们享用美味之前，听一段音乐吧！"

劳拉赶紧为爸拿来了小提琴，爸弹了几下，试了一下音调，并在琴弦上抹了一些松脂油，他问劳拉："你想听点什么呢？"

"唱一首玛丽平日里喜欢的歌吧，"劳拉回答道，"这

个时候，玛丽一定在想念我们！"

爸拉起琴弦，悠扬而动听的旋律立刻响了起来，爸唱起来：

> 在蒙特马利的城堡中，
> 四周环绕着河岸、溪流和斜坡，
> 郁郁葱葱的树木，怒放的花朵，
> 溪流一直向前，永不停歇。
> 夏日是如此清爽，
> 我愿长醉不醒，
> 不愿说再见，
> 美丽的玛丽高原。

唱完这首苏格兰民谣以后，爸又唱起来另外一首略显忧伤的歌曲：

> 我忧伤的心灵，无处诉说；
> 我忧伤的心灵，藏着一个人。
> 漫漫长夜，寒冷的冬日，
> 我无法入眠，辗转反侧。

快乐的金色年代
These Happy Golden Years

此时,妈正躺在炉子旁边的摇椅上,她几乎要闭上双眼了。卡莉和格蕾丝坐在窗户下面的椅子上,劳拉一个人在房间里来回踱步,内心忧虑。

这一首美丽的苏格兰民歌,让劳拉想起六月的玫瑰花,爸那忧伤的歌声以及那悠扬的旋律再次唱起来:

> 站在辽阔的草原上,
> 夜空中繁星点点,
> 一颗明亮的星星离群索居,
> 吸引了我们的眼神。
> 那是我的指引,我的方向,我的一切。
> 她让我从未陷入黑暗的深渊。
> 当我穿越暴风雪,冲破了危险重重,
> 是她指引我走向安静。
> 我终于安全了,
> 所以我要唱一首歌,
> 我要为她永远歌唱,
> 那颗明亮闪耀的星星,我的伯利恒星星。

格蕾丝温柔地说:"你说的是圣诞之星吧!"

小提琴的声音慢慢停了下来,爸侧耳听着窗外的风,

"哇！风吹得更猛烈了，看来我们待在家里是对的。"

小提琴的琴声更为欢快了，爸的声音里满是喜悦，他接着唱道：

> 不要一直站在门外，
> 不要害羞，不要徘徊。
> 人们竖起耳朵倾听，约翰！
> 他们刚刚走过，
> 你却无法知道他们的想法，
> 他们从前总爱说奇怪的话，
> 如果你也想加入他们的话，
> 赶快关上门，进来吧！
> 进来吧！进来吧！

爸唱的声音很大，劳拉有些惊讶地看着爸，爸继续看着门口，继续快乐地唱着："进来吧！进来吧！"

这时候，真的有人来敲门了，爸继续吼道："进来吧！"他示意劳拉打开门。

劳拉走到门前，一拉门，一股强劲的风夹杂着雪花涌了进来，这阵风迷住了劳拉的眼睛。待她睁开双眼的时候，她简直不敢相信，阿曼乐竟然站在风雪之中。劳拉惊

快乐的金色年代
These Happy Golden Years

讶地扶着门,站在了那里。

爸热情地招呼道:"快点进来啊,快点进来,把门关上,太冷了啊!"

爸颤抖了一下,把小提琴给装了起来,他还为火炉增添了一些煤炭,爸说道:"寒风像是会刺到骨头里一样,真是冷极了,你的马车呢?"

"我驾着王子来的,我已经把它系在了马厩上,就在淑女的旁边。"阿曼乐抖掉了外套上的积雪,把它和帽子一起挂在了门旁边的野牛角架子上。妈也从摇椅上站了起来,招呼他进来。

劳拉却走到了屋子的另一个角落,卡莉、格蕾丝看上去也很开心,当阿曼乐向她们走去的时候,格蕾丝说:"我多准备了一袋子糖果呢!"

阿曼乐拿出来一些橙子和一个纸袋子:"看看我给你们带了什么,这个纸袋子上写着劳拉的名字,不过,她是不是不打算跟我说话了呢?"

"你真的来看了我了吗?这是你吗?你不是说整个冬天都不会回来吗?"劳拉的问题一连串。

"我不能离开你这样久,既然你现在愿意跟我说话了,好吧,请收下你的圣诞节礼物吧!"

妈说:"查尔斯,收起来琴吧,卡莉、格蕾丝,过来

啊，帮我拿着爆米花团。"

劳拉打开了阿曼乐送给她的纸袋子，白色的包装纸里面是包装精致的小盒子，掀开盖子，在柔软的棉花垫子上面是一枚精致的金色别针，上面雕刻着小房子，还有湖泊和草叶。

劳拉赞叹道："谢谢你，这个很适合我，很漂亮。"

"好吧，请你用点特别的方式来感谢我吧！"他微笑道。于是，劳拉吻了吻他，在他耳边轻声说道："好吧，我真的很高兴你可以在平安夜的时候过来看我！"阿曼乐也拥抱了他一下。

爸提着煤走出了厨房，妈跟在他的后面，卡莉端出来一盘爆米花，格蕾丝分给了大家糖果。

于是，大家坐下来，一边吃糖果，一边听阿曼乐给他们讲他的故事，他说自己和罗亚尔骑着马车向南走进了内布拉斯加，那时候天很冷，他们赶了一天的路，晚上的时候就在大草原上过夜。他们在俄克拉荷马城看到了首府大厦，在走向爱荷华州的那条路上，下起雨来，满地泥泞。当地的棉花多得卖不出去，人们拿它们当燃料烧，他们还看到了爱荷华州的首府，当他们穿越爱荷华州和密苏里州的时候，河水泛滥，他们走到了密苏里河，又掉头向着北边走去。

快乐的金色年代
These Happy Golden Years

愉快的时光总是显得格外短暂，时钟敲响了十二下。

"圣诞快乐！"妈从摇椅上站起来，开心地对着大家祝贺道，然后，每个人都跟着喊道："圣诞快乐！"

阿曼乐穿上了外套，戴上帽子和手套，对着大家道了一声晚安，然后，他走出了门，走进了暴风雪中。他们的耳边仅仅回荡着雪橇的铃声，阿曼乐越走越远了。

"爸，你肯定比我先听到了铃声吧？"劳拉问道。

"是的，但是他太害羞了，我招呼那么多声，他才走了进来。我想他应该是在暴风雪中，没有听到我在跟他打招呼吧！"爸回答道。

"孩子们，赶紧睡觉吧，圣诞老人还等着给你们的袜子放礼物呢！"妈喊道。

第二天早晨，每个人都从长袜子里拿出来了自己的礼物，中午的时候，还有一顿丰盛的圣诞聚餐，还会有一只香喷喷的、浑身流油的火鸡。妈邀请了阿曼乐一起来用餐，大风呼啸而过，但是那却不是暴风雪的呼啸，所以，阿曼乐肯定会赶过来的。

劳拉吹灭了油灯，卡莉喊道："这可是最棒的一次圣诞节了，圣诞节总是这样充满惊喜吗？"

劳拉说道："是的！每次都是如此啊！"

考 试

三月的一场暴风雪中,劳拉和爸乘坐那辆大雪橇前去小镇,她要参加那里的教师资格证的考试。那天卡莉和格蕾丝都待在家里。

放领地的冬天让人很愉快,春天来了,劳拉也很开心。她坐在干草垫子上,想着冬天里的每个礼拜天,她和阿曼乐以及家人度过的美好时光,劳拉很期待在夏日的微风中,再次骑马去旅行。她好奇的是,经过这一个漫长的冬天,巴纳姆会像之前那么听话吗?

快乐的金色年代
These Happy Golden Years

当他们快要来到学校的时候,爸问她考试之前紧张吗?

劳拉透过结冰的面纱,回答道:"真不紧张,我觉得自己肯定可以通过,然后去喜欢的学校教书。"

"你可以去佩里的家里教书啊!"爸建议道。

"但是我想去更大的学校,那样可以赚更多的钱!"劳拉说。

"嗯,好样的!"爸称赞道,他们在学校门口停了下来。"现在我就是去准备资格证的考试,我一定得通过,等到下次面试的时候,我就有足够多的时间来准备应考了。"劳拉在心里说。

走进满是陌生人的房间时,劳拉有些胆怯,这让她对自己很不满。几乎每个桌子上都有人,看来看去,劳拉只认识弗洛伦斯·威尔金斯。当劳拉握着弗洛伦斯的双手时,顿时大吃一惊,原来,她的双手冰凉,嘴唇也因紧张而紧闭,劳拉很担心她,以至于忘记了自己的胆怯。

"我怕得要命,"弗洛伦斯悄悄地说道,她的声音也在微微颤抖,"看看那些来参加考试的都是老教师,考试肯定会很难,我想自己肯定通不过考试了!"

"不要害怕,我想他们应该比你更紧张!"劳拉安慰道,"你会通过考试的,相信我,别害怕,你每次都考得

很好啊。"

不一会儿，考试的铃声响起来，劳拉开始看考试题目，弗洛伦斯说的没错，考题真的很难，劳拉耗尽全力来答题，到了中场休息的时候，她几乎筋疲力尽了。到了中午的时候，她觉得自己的心脏都要跳出来了，她开始担心自己根本通不过考试，但是她还是坚持把考题答完了，她的考卷被收走以后，爸正巧就来接她回家了。

当爸问她考得怎样的时候，她回答道："我真的不知道，考题很难，但是我已经尽自己最大的努力了。"

爸安慰她说："不要想太多了，尽力就可以了。"

回到家里以后，妈对劳拉说："不要担心了，公布成绩之前，我建议你忘记这件事情吧，而且我一直认为你肯定可以通过考试的。"

听到妈的安慰，劳拉有些放松，但是她还是不得不每天，甚至是每一个小时重复一遍妈说的话。睡在床上的时候，她就对自己说不要担心，但是一觉醒来，她还是会很害怕。

劳拉来到学校的时候，弗洛伦斯说她们应该是没有什么希望了，她认真地说："因为考试太难了，我相信只有那些老教师或许会通过考试吧！"

一个礼拜过去了，劳拉并没有收到任何考试的通知，

快乐的金色年代
These Happy Golden Years

那个礼拜天,她也没有盼来阿曼乐,因为罗亚尔患了重感冒,阿曼乐得照顾他。礼拜一,阿曼乐没有来,礼拜二,阿曼乐还是没有来。

温暖的风儿融化了积雪,阳光普照,礼拜三的时候,爸没有来接劳拉,劳拉、卡莉、格蕾丝只好步行回家了。

刚回到家,劳拉就得知,一早爸就拿到了通知书。

"那上面写的什么呢?"劳拉脱掉了外套,走进了房间里去拿通知书。

"哎呀,劳拉,我从不会随便拆开你们的信件的!"妈惊讶地说道。

于是,劳拉双手颤抖地打开了信封,里面是教师资格证,那是一张教师资格证的二级证书。

劳拉对妈说:"这比我预料的好太多了,我以为自己只可以拿到三级证书,希望好运可以光顾我,让我进一所好点的学校。"

"运气是自己创造的,不管是好运,还是坏运。"妈平静地说道,"我相信只要你努力,就可以得到好的成绩。"

劳拉当然相信自己会进入一所好学校当老师,但她不知道自己能不能进入一所想去的好学校。那天晚上,她努力让自己平静下来,不去想其他的事情。但是到了第二天早晨,她还是在思考这件事情,这时候,弗洛伦斯冲到了

她的身边。

"劳拉，你通过考试了吗？"她问道。

"是的，我拿了二级证书。"劳拉淡定地回答。

"可是，我没有拿到任何的证书，所以，我是无法在咱们区里继续教书了。"弗洛伦斯平静地说，"我想跟你说的是，多亏你帮助了我，我更愿意你来我们的学校教书。如果你也打算来的话，我爸说你可以来教书了，从四月一号开始，一共三个月，每个月三十美元的报酬。"

劳拉一听，激动得无法呼吸："我当然愿意这样做。"

"我爸说了，假如你同意的话，你最好去见见他，学校的董事会大概会和你签合同的。"

劳拉说："我明天下午就过去看看，弗洛伦斯，这实在太好了。"

弗洛伦斯笑了："你对我这样好，我当然很开心自己会有机会来报答你。"

劳拉的脑海中闪过妈说的运气的那些话，她觉得妈真是明智，是的，好运气都是我们自己创造的。

告别学生生活

三月的时候,学校生活的最后一天也终于到来了,劳拉收集好自己的课本,并把它们整整齐齐地放在了写字板上,她最后看了一眼自己的教室,她再也不会回到这里了。礼拜一的时候,她就要去威尔金斯的家里教书去了,也许在明年的秋天,她会和阿曼乐举办婚礼吧。

卡莉和格蕾丝还在楼下等待她,劳拉却没有着急下去,她在课桌前面走了一会,心里莫名的失落。艾达、坶丽·鲍尔,还有亲爱的弗洛伦斯都会离开这里,还有她自

己也无法继续陪着卡莉和格蕾丝一起上学了。

教室里空荡荡的，欧文先生一个人坐在讲台的前面，劳拉要离开了，她拿着书经过讲台的时候，对欧文先生客气地道别："我要离开这里，再也不会回来了。"

欧文先生说："听说你也要去教书了，我们都会记着你的，我很期待明年秋天的时候，你会回来。"

劳拉说："好的，这也是我所期待的，但是我打算结婚了，所以应该不会来了。"

欧文先生在地板上来回踱步，他遗憾地说："真对不起，不是因为你结婚而感到遗憾，而是因为你无法在今年春天毕业，我之所以没有让你毕业，是因为……我的虚荣心，我想让你和大家一起毕业，那些学生还不具备毕业的条件，所以，这一切看起来对你有些不公平。真的对不起了。"

劳拉像是安慰欧文先生那样说："没什么，现在我可以毕业了，真的很开心。"

然后，他们握了握手，欧文先生和劳拉说了再见，并祝福她一切都好！

劳拉走下楼梯，她满心伤感，某些东西好像结束了，但另一些事情开始了。

礼拜天的晚上，劳拉吃过晚饭，阿曼乐和她驾着马车

快乐的金色年代
These Happy Golden Years

穿过了小镇,走进了最北面的威尔金斯放领地里。那里距离小镇不过三英里半的距离,巴纳姆一路上走得很慢,夜幕降临,星光闪闪,草原开始模糊不清,远处变得神秘莫测。马车的轮子压过长满青草的路。

周围一片寂静,劳拉唱起歌来:

> 繁星闪烁,
> 大地起伏,
> 车轮转动,嘎嘎作响,
> 我们要去远方。
> 快点行动吧,我的男孩,
> 快点飞翔吧,我的车轮!
> 为什么不能转动地快一些,
> 像漫天繁星闪烁。

"你和你的爸一样,每次唱歌都很应景!"阿曼乐开怀大笑起来。

劳拉告诉他:"这首歌选自《踏车工老歌集》,我也觉得它很适合在这个时间来唱,你看看天上有星星,地上还有马车印。"

"这首歌里有一个地方不符合,我的车轮可没有嘎吱

作响啊,你听听,我这车轮多么结实,我还为它上了油,但是没什么,我想我带着这车轮再多往这边走三个月,你也许就会跟着我走了!"

"也许吧!"劳拉认真地说,"我只希望一切都会好起来!"

阿曼乐用力地点点头:"一切肯定会好起来的。"

草 帽

新的学校距威尔金斯家的放领地不远,周一的早晨,当劳拉打开学校的大门时,她深深地觉得这里和佩里家的学校一模一样,看看那些桌子上摆放着的词典,还有墙壁上挂帽子的钉子,真是大同小异啊。

这个新的开始令她很开心,因为劳拉在那所学校里度过的每一天都很愉快,她觉得自己肯定可以在新的一天到来之前处理好所有的麻烦,她的学生们更是友善、听话、懂事,还有一些孩子很有趣。但是,为了让自己看起来成

熟一些，她在课堂上总是不苟言笑。

劳拉就住在威尔金斯的家里，他们很喜欢劳拉，对她很好，弗洛伦斯还在读书，到了晚上，她回到家里，会告诉劳拉这一天都发生了什么事情。劳拉和弗洛伦斯共住一室，每天晚上睡觉之前，她们都会读一些故事。

在四月的最后一个礼拜五，威尔金斯先生给了劳拉二十二美元的薪水，他扣除了劳拉每周两美元的住宿费用，那天晚上，阿曼乐就送她回家了。第二天的时候，她跟着妈一起去购物，她们买了一些做内衣的水洗布，还买了睡袍、衬衣和裙子，每件都是两样。妈说："这些裙子加上你以前的衣服，应该够你用的了。"她们还买了很多水洗布，可以做两床床单和两套枕套。

之后，她们还买了粉红色的布料，上面有一些散落的小野花，她们打算为劳拉做一套夏装。然后，她们还一起去了贝尔小姐的店里，想找一顶帽子，可以与那身夏装裙子相配。

贝尔小姐的店里有许多帽子，劳拉一眼就看中了其中一顶帽子，那是一顶乳白色的草帽，上面有一圈花边和流苏，前面的流苏遮住了劳拉的额头，顶部还有一圈丝带，颜色浅浅的，帽子的左边还有三片羽毛来装饰，帽子的颜色从浅草黄到丝带的白，层层叠叠，很是漂亮。白色的皮筋把帽子固定在了劳拉的头发上，橡皮筋也被隐藏其中。

买完帽子，劳拉和妈走在大街上，她恳求妈为自己买一点东西。

妈却明确拒绝了她的请求："劳拉，我知道你想对妈好，可是妈什么都不需要啊！"

她们走到了富勒五金店的前面，车厢里有一个巨大的东西被毛毯给盖上了，劳拉想仔细看清楚那究竟是什么，但是爸正在解绳子，她没有细看。

"查尔斯，那是什么东西呢？"妈问道。

爸回到道："我还不能告诉你，卡洛琳，等我们回到家再说吧。"

到了家门口，他们停下了马车，爸喊道："好了，我的女士们，现在拿着你们的东西回屋去吧，不要摸我的东西，也不准看毯子下面是什么，我去拴马了。"

说完，爸就牵走了那匹马。

"可是，我还是好奇那究竟是什么呢？"妈对劳拉说，于是，她们站在马车前面，等待着快步往回走的爸。爸打开了毯子，原来是一台崭新的缝纫机。

"太不可思议了，查尔斯！"妈兴奋地叫了一声。

"卡洛琳，这个礼物是送给你的！"爸自豪地说。

"玛丽和劳拉都不在家的时候，你需要缝补衣服的时

候，肯定会需要一台缝纫机吧！"

"可是你是怎么买到的呢？"妈摸着那泛着金属光泽的缝纫机，开心地问道。

"我卖了一头牛，反正牲口棚里也没有太多空间了，好了，现在你帮着我把它给搬下来吧！"爸安排道。

劳拉突然回忆起来，在很久之前，妈曾经对爸说过，她想要一台缝纫机，没想到爸一直记得这件事情呢。

爸把缝纫机的围板全部拆掉了，妈和劳拉一起小心翼翼地把缝纫机搬了下来，并把它放到了客厅里。卡莉、格蕾丝正在那里快乐地玩着，爸揭开了缝纫机上面的纸板，一家人默默地欣赏起它来。

妈说："我真的很喜欢它，我现在就想试试。"但是，这时天色已晚，使用缝纫机的话，只能等到礼拜天以后了。

第二个礼拜的时候，妈看了看说明书，也学习了怎么来使用缝纫机。到了周六的时候，妈和劳拉开始缝制那身粉红色的裙子了，布料的颜色很柔和，劳拉有些不敢触摸它的感觉。妈却很熟练，她拿起剪刀帮劳拉量好尺寸，做好了模板，迅速地开始了剪裁。

她们把裙子做成了修身的款，前后两边各有两簇花边。在那两簇花边中，装饰着两串珍珠。裙子的领子直立而上，袖子、肩膀、腰部都很合身。

快乐的金色年代
These Happy Golden Years

裙子终于做好了,那一天,阿曼乐正好送劳拉回家。

劳拉说:"看看,这条裙子是多么漂亮呢!这些花边看上去那么整齐,多么精致的手工活啊!"

妈更是赞口不绝:"我得承认,要是没有这台缝纫机,我真忙不过去呢。这个缝纫机实在太好用了。用它来做活真是一点也不费力气,你看看它是多么精致啊,我相信最好的缝纫师傅都不可能有这样的手艺。"

劳拉看着崭新的机器所制成的裙子,沉默了许久,说道:"威尔金斯先生已经提前支付了我下个月的薪水,我四月份的薪水还有十五美元呢,我想自己可能还需要一条秋天的裙子。"

妈也说道:"看来你还需要一件漂亮的婚纱。"

"十五美元的话,够了,可以买了!"劳拉说道,"有这两件衣服,再加上我已经拥有的衣服,我是够用了!以后的每个月我还会有二十二美元的收入,所以,爸妈,你们收下这笔钱吧!求求你了,这是我的一点心意,你们可以给玛丽当路费,或者是买一些她需要的衣服。"

"我们不打算用你的钱,我们自己的已经够用了。"妈拒绝了劳拉的一片心意。

"我当然知道你们能够应付,但是爸和你未免太辛苦了,我真的很想帮帮这个家,那样我才可以心安理得地带

着这些美丽的裙子离开这个家。"劳拉有些想哭。

妈说道："好吧！如果你真的想这样做的话，不如把钱给爸吧，毕竟他卖了自己的牛，只为了买这台缝纫机，我想他最应该得到这笔钱。"

爸最初很惊讶，他本打算拒绝，但是看到劳拉一直恳求自己，他还是欣然接受了这笔钱。他说这笔钱的确可以做很多事情。

"从现在开始，我们要重新开始新的生活了，这个小镇发展得很快，牛儿长得很快，牲口繁殖得很快，这些牲口可以让我们在放领地的生活过得很滋润。明年这个时候，这片领地就属于我们了，所以不要担心我们。劳拉，你已经做得很好了。"爸语重心长地说道。

礼拜天的晚上，当劳拉和阿曼乐一起离开家的时候，她心里很快乐，但是也有些遗憾的地方，比如她很担心自己会错过玛丽回家的日子，玛丽要回来待上一周的时间，劳拉那个时候大概还在威尔金斯教书吧。

礼拜五的下午，阿曼乐带着劳拉回家了，他们一路飞奔，快要到家的时候，劳拉就听到了风琴的旋律。阿曼乐还没停稳马车，劳拉就一跃而下，赶紧跑回屋里。

"周日的时候见啊！"阿曼乐在她身后大声喊道，她挥手示意。她看到了玛丽，跑得更快了，几乎是一拥而上，玛丽也吃惊地喊道："劳拉，我真是太惊讶了，没想到自己会拥有一架风琴啊！"

"我们一直在守着这个秘密啊，不过，这个秘密一定给你惊喜了吧。玛丽，让我好好看看你，你看上去真是美丽极了！"劳拉快乐地喊道。

玛丽的确比以前更漂亮了，劳拉怎么看都看不够，她们有太多的话想对彼此说，周日的下午，她们爬上了牛棚前面的那座小山，劳拉为玛丽摘了许许多多美丽的野玫瑰。

玛丽突然一本正经地问道："劳拉，你真的要跟着那个怀德走吗？"

劳拉也认真地思考了一会，回答道："他现在是阿曼乐，不再是怀德了，你不了解他。"

玛丽却说："我知道他是谁，你为什么要离开家，跟着他一起走呢？"

"这也许是命运的安排吧！"劳拉回答道，"我早就离开家了，而且离得很远，嫁给他之后，也不会比威尔金斯家学校那里更远的。"

"看你的意思，你是一定要嫁给他了啊！我去上学了，你也要嫁人了，咱们都离开了家，也许这就是所谓的成长吧。"玛丽感慨道。

劳拉说："想想真奇妙啊，卡莉和格蕾丝每一天也在成长，她们比我们最初离开家的时候还要大，你觉得时间过的是不是很快呢？"

"他来找你了！"玛丽说，她听到了马车的声音，她那双美丽的蓝眼睛盯着马车的方向，"我好像还没和你聊够，你就要离开了。"

"我现在不走，吃过晚饭才会离开家。下周五的时候我还会过来，整个七月和八月，我们天天都可以待在一起的。"劳拉满怀期待地说道。

在六月的最后一个礼拜五，四点的时候，阿曼乐就去威尔金斯家接劳拉回家了。他们驾着马车行驶在彼此都很熟悉的路上，阿曼乐说道："一个学期结束了，这是最后一个礼拜了吧？"

劳拉反问道："真是最后一个礼拜吗？"

阿曼乐反问道："九月份的时候，我可以每天早晨吃到你为我做的早餐吗？"这时候，阿曼乐已经在树林里建造新房了。

劳拉摇摇头说："我想得再过段时间吧！"

"好吧，一切听从你的安排吧，那你七月四号怎么安排呢，想去参加庆典吗？"阿曼乐问道。

"我想去骑马玩耍！"劳拉回答。

快乐的金色年代
These Happy Golden Years

阿曼乐点点头，表示赞同："行，好的。"

"我现在终于自由了！"劳拉大声喊道，她如同一只被放飞的小鸟。

阿曼乐建议道："不如我们一起去骑马吧，四号的时候。"

就这样，到了四号，吃完晚饭的时候，劳拉穿上了那条新裙子，戴上了她挑选的那顶乳白色的帽子。阿曼乐还没有来的时候，她已经准备好了这一切。

两匹马儿就在门外等着，它们看上去有些不自然。

"人一多，它们就容易被吓着，我们去中央大街的那一端吧，在那里，你可以看到庆典的旗帜呢，然后我们一起往南边走去，远离人群，远离喧嚣。"阿曼乐深情地说道。

往南边的那条前往布鲁斯特家的路，似乎发生了很大的变化，已经完全不像是他们一起走过很多遍的那条路了。草原上，有许多新建的房屋和马棚，田野上还种植了许多谷物。在这里，牲畜和马匹到处可见。

南边吹来的暖风，温柔地吹着草地上的麦田，还有马儿的尾巴，劳拉裙子上的丝带，帽子上的羽毛也随风飞舞着。

劳拉捂住了羽毛，好怕它们会被风儿带走，她不禁叫

喊道："哎呀，这些羽毛真是糟糕极了！"

"贝尔小姐刚刚到这里，她不知道西部风有多厉害，你把这些羽毛交给我保管好了。"阿曼乐说道。

当他们回去的时候，大家都在吃晚饭，阿曼乐留了下来，他一个人吃完了中午的剩菜，包括冻鸡肉、派、蛋糕和一大罐柠檬水。

吃饭的时候，阿曼乐邀请卡莉一起去城中看烟火表演，他说："这两匹马儿走了很远的路，它们应该变得规矩了。"妈却说："还是让劳拉跟着你去吧，卡莉留在家里，我还需要她的帮忙。"

于是，吃过饭以后，劳拉和阿曼乐一起去看烟火表演去了，他们把马儿停在了人很少的地方，这样，马儿就不会误伤到他人了。他们寻找了一处开阔的地方，安静地待在马车上，等待夜空中绽放朵朵烟火。

可是，烟火表演刚刚开始，马儿们就被吓坏了，它们开始不停地转圈、奔跑，马车也随之旋转起来，阿曼乐控制住了它们，呵斥着它们，让它们鼓足了勇气，来面对烟火表演。

阿曼乐说："劳拉，不要害怕，不要担心，我会让它们安静下来的。"

每当漂亮的烟火升入空中的时候，阿曼乐都要控制一下两匹马儿,让它们回到原地,勇敢地面对烟火的方向。直到烟火快要结束的时候,阿曼乐和劳拉才骑着马儿离开了。

劳拉说:"幸亏我把羽毛交给你拿着了,不然,看烟火的时候,它们肯定会被弄丢的,刚刚我们旋转得太快了。"

阿曼乐突然惊讶地说:"天哪!它们还在我的口袋里吗?"

劳拉说:"希望如此吧,要是它们还在,我还是会把它们缝制在我的帽子上。"

两个人一看,羽毛果然还在,回到家里的时候,阿曼乐把羽毛还给了劳拉,悄悄地说:"这两匹马儿又需要好好驯驯了,咱们周日再见吧!"

龙卷风

这一周真的很热，礼拜天的早晨，劳拉在教堂里，觉得有些胸闷。滚滚热浪在窗外肆意的滚动，不时吹来的风也是热乎乎的。

礼拜结束的时候，阿曼乐就来接劳拉回家了，待劳拉在马车上坐稳后，他说道："你妈让我去吃晚饭，之后我们不妨试一下这两匹马儿吧，今天下午肯定会热，驾车奔跑应该更凉爽一些吧，只希望暴风雨不要来。"

"羽毛已经被我缝制好了，我倒是不怕有没有暴风雨。"劳拉开玩笑地说道。

妈准备了丰盛的晚餐,他们吃完以后,就驾车走向了漫无边际的草原。尽管已是夕阳西下,但是阳光依然刺眼,他们只好躲在车里,但依然很热。微风送来滚滚热浪,没有一丝凉爽的感觉。

不一会,西北部堆起乌云,周围的空气热得更令人难受了。

"这种天气真的很折磨人,我们不如快点回家吧!"阿曼乐说道。

劳拉也跟着说:"好的,这样的天气,我也觉得不舒服。"

于是,阿曼乐开始调转马头往家里赶去,乌云越来越多,好像就在头顶上。

阿曼乐把缰绳放在了劳拉的手里,嘱咐道:"你来试着抓住它,我要去给马车盖盖子,我预感会下大雨的。"

他赶紧打开了帘子的皮带,一瞬间,帘子就垂了下来,他又赶紧把两边和下面都扣得整整齐齐。除此之外,他又从座位下面拿出来马车两边的帘子,这下,马车就被全部挡住了。

阿曼乐马上坐在了车子上,他又打开挡雨帘,把雨帘的下边塞进了挡泥板里。

小木屋的故事
Little House Books

那一刻，劳拉突然觉得这个挡雨板的设计真是高明，帘子有一个裂口，阿曼乐很容易就能控制缰绳。

这一切很快就完成了，此时此刻，劳拉和阿曼乐可以安心地坐在马车里了，即使下雨了，也不会淋到他们，挡雨帘几乎和他们的下巴齐平了，他们照样可以欣赏外面的风景。

阿曼乐从劳拉的手中接过缰绳，大吼道："此时，我们不如期待暴风雨来得更猛烈一些吧！"

劳拉也跟着说道："如果它一定要来的话，那就来得更猛烈一些吧。"

阿曼乐开始加速前进，他们驾着马车跑得快极了，乌云在天空中迅速地聚集、翻滚，劳拉和阿曼乐沉默地看着那些乌云，整个世界无比沉默，好像变成了乌云的舞台。马儿飞驰的声音，马蹄的声音，在这样的沉默中，似乎成为了周围唯一的声音。

乌云还在不停地扭动、翻滚，它似乎是那么的愤怒、痛苦，红色的闪电穿过云层，四周的空气静止了，几乎没有其他的声音，气温也越来越高，劳拉的刘海也被汗水紧紧地粘住了，汗水顺着脸一直往下淌。阿曼乐赶着马车狂奔不已，翻滚的乌云此时遮住了他们的头顶，颜色更是由黑色变成了深紫色，它们就那样聚集在一起，像是商量好

快乐的金色年代
These Happy Golden Years

一样,从天空中飞快地来到了大地上。

劳拉不禁问道:"离家还有多远呢?"

阿曼乐不假思索地回答道:"我想应该有十英里吧!"

乌云从西北部来了,就这样慢慢地靠近了他们,不管行驶的马儿有多快,都似乎无法逃脱乌云的追赶,在那辽阔的草原上,深紫色的乌云凶猛地翻滚,像是猎人正在靠近猎物那样敏捷。

一只手从乌云里伸出来,然后第二只、第三只、第四只,就这样,乌云伸向了大地,又返回到了空中,继续在天空中翻滚、挣扎。在它们走过马车的时候,继续向南边走去,一阵狂风呼啸而过,马车剧烈地颠簸了一下,暴风雨很快就过去了,劳拉不由深深地吸了一口气,刚刚真的有点吓到她了。

劳拉说:"刚刚那一幕真可怕,一般情况下,爸会让我们躲到地下室,那样的话,好像就没有那么恐惧了。"

"嗯,暴风雨来的话,我们也需要一个地方藏起来,不过,我从未躲到地下室,但是刚刚那场暴风雨好像更令人恐惧一些。"阿曼乐说道。

风向也开始转变了,从西南方徐徐出来,里面夹杂着丝丝寒意。

"看啊,是冰雹。"阿曼乐大喊一声。

281

"嗯，我看到了！"劳拉说，远处真的下起了冰雹。

家里的人们都在等待他们回来，妈很是担心，爸在一旁感慨道，这场暴风雨会让人们损失惨重。

"住在这里，为了以防万一，还是得挖一个地窖更好一些吧！"阿曼乐说道，他问爸愿不愿意跟着他一起骑马到村子外走走，看看有没有人需要他们的帮助。说完，两个人骑马出去了，劳拉紧紧地握着妈的手，她好像还在害怕。

是的，尽管暴风雨真的已经走了，天空早已一片湛蓝色，但是大家还是有一些怕。

下午的时候，劳拉换上她平日里穿的衣服，跟着卡莉一起做起了家务。不一会儿，爸和阿曼乐也回来了，妈准备好了丰盛的晚餐，大家一边吃饭，一边说暴风雨中的事情。

原来，镇南边有一个垦荒的家庭，刚刚打好谷子，这些谷物本来是他今年的全部收入，他还雇了很多人前来帮忙，刚刚闲下来的时候，暴风雨就过来了。

下雨前，他让两个孩子去还从邻居那里借来的篷车，可当他走出地下室的时候，看到刚刚还在眼前的谷地、稻草堆、马匹、牲口棚、机器，所有的一切都消失了，除了他自己，什么也没有了。

快乐的金色年代
These Happy Golden Years

骑着骡子去还蓬车的两个男孩也不见了,爸和阿曼乐走到那里的时候,稍微大一些的孩子一丝不挂、奄奄一息地回来了,他刚刚九岁。他上气不接下气地说,他和弟弟骑着骡子往回走的时候,一阵飓风把他们给卷了起来,在空中不断旋转,就这样越卷越高,他们根本无法睁开眼睛,他对着弟弟大喊道:"抓住骡子。"这时候,空气中全部是那些稻草,他什么都看不见了,一下子晕了过去。当他稍微清醒一些的时候,只发现了自己一个人在空中毫无目的地飞着。

他看到了下面的土地,然后,随着气流的下落,他也慢慢地靠近了地面。接着,他慢慢地站起来,稍微跑了几步,又一下子跌倒在地。当他在地面上休息好以后,便起身向家里走去。

他大概走了一英里多,才回到了家里。他的衣服全部被风给带走了,还有高筒靴,尽管系着带子,也全部不见了。辛好他并没有受伤,身上也没有瘀伤。

邻居们都跟着出去寻找丢失的男孩和骡子了,却也毫无线索,据说,他们生还的可能性很小。

阿曼乐说道:"要是他们像那扇门一样,也许会出现奇迹。"

卡莉惊讶地问道:"什么门呢?"

关于门，也是爸和阿曼乐看到的最古怪的一件事情。这件事情发生在南边的一个垦荒者的家里，当然，这阵狂风暴雨把他的东西也给吹跑了，当他和家人从地下室走出来的时候，发现房子、牲口棚全部消失了，包括那些牛、马、工具、鸡，全部不翼而飞了。他们除了身上的衣服没有丢失以外，只剩下妻子裹住孩子的被子。

他对爸说："我真的很幸运，庄稼一点也没受损失。"春天的时候，他们才刚刚来到这里，只在这块地里播种了一些土豆。

那天下午，夜幕降临的时候，爸和阿曼乐在寻找那个男孩子回来的路上，又在这户人家待了一会，房子的主人又开始着急搜寻木材，他们正在思量还需要多少木材，才可以建造一所房屋。

突然，其中的一个孩子看到天空中有一个黑色的物体，正在迅速地往下降落，那个东西肯定不是鸟儿，它越来越大，惹得大家都看着它，不一会儿，那块东西终于向着他们砸了下来，然后他们终于看清楚了，那就是一扇门。门一下子落在了他们的面前，他们这才看清了，这扇门是他们被吹走了的小屋前门。

门虽然被吹得那么远，但是上面却没有一道疤痕，大家都不知道，它究竟进行了怎样的一场旅行，然后又正好

快乐的金色年代
These Happy Golden Years

回到了这家人的家门口。

爸说:"那家主人很开心,好像从来没有那么开心过,因为他不需要再去买一扇门了,门上的链条还是可以用的,这扇门还是完好无缺的。"

大家都很惊讶,在他们的人生中,还有比这扇门更令人惊讶的吗?想象一下,这扇门被吹到了哪里,被吹了多远,真的很有趣。

爸说道:"这真是一个奇怪的地方,发生了许许多多神奇、古怪的事情啊!"

妈也感慨道:"是啊!还好,这些事情并没有发生在我们家里。"

第二个礼拜的时候,爸在镇上听说,那个被风卷走的男孩以及骡子的尸体,也被人们找到了,他们身上的骨头都碎了,男孩的衣服、骡子身上的鞍也消失不见了。

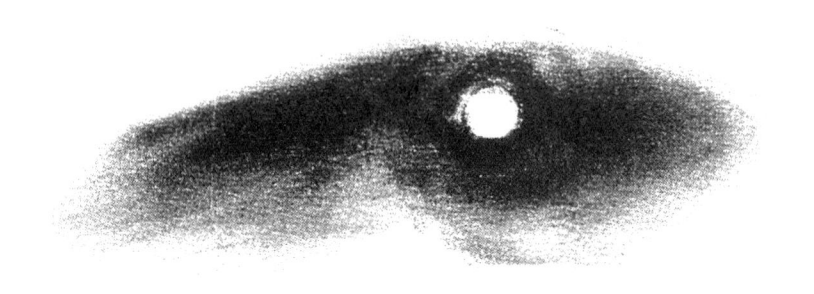

夕阳西下

这个礼拜天，劳拉没有出去，因为玛丽就要走了，这是她在家里的最后一天，明天，她就要回学校了。

天气闷热，吃早饭的时候，妈说她不想去教堂礼拜了，卡莉和格蕾丝留在家里陪伴着妈，爸、劳拉和玛丽一起步行去了教堂。

她们从卧室里走出来的时候，看到爸已经在等待了，劳拉穿着新裙子，带着乳白色的帽子。

玛丽身着蓝色百花的裙子，带着蓝色丝带的白色帽子,她那金色的头发散落在帽子下,显得楚楚动人。

爸盯着女儿们看了一会,不由得洋洋得意,眼神发光,他假装沮丧地说:"卡洛琳,我觉得自己未免太寒酸了,我根本配不上带这两位小姐去教堂啊,怎么办?"

其实,爸今天也精心打扮了一下,他穿着黑色的套装,衣服上还佩戴着黑色的绒线领子,搭配了白衬衣和深蓝色领带。

马车已经在那里等待了,在他们还没有穿好衣服之前,爸已经洗刷了这两只马儿,车厢里还有一条干净的毯子,以备她们坐在上面,而不会弄脏她们的衣服。爸小心翼翼地把玛丽扶上马车,又把劳拉也扶了上去。在阳光的照耀下,微风轻拂,他们慢慢地向教堂走去。

那天早晨,教堂拥挤不堪,他们找了好久,也没有找到三个人可以一起坐下来的座位。爸只好坐在了前面,他的身边是一位老人,劳拉和玛丽并排而坐。

布朗神父正严肃地布道,劳拉却希望他可以说一些有趣的事情,这个时候,她看见了一只小猫在走廊上走来走去,玩得正开心。之后,它一下子跳到了讲台上,用身体蹭着讲台的一角。它那双圆圆的眼睛看着教堂里的人,劳拉仿佛听到了猫的肚子正咕噜作响。

然后,一只可爱的小狗也迈着绅士般的步伐走了进

来，这是一只黑色的狗，它的身上全部是斑点，腿是那么细长，尾巴是那么短，却很神气。这条狗儿看上去是那么轻盈，它来到这里，好像并不是在寻找什么人，也不是为了到达某个地方，它就是无意中闯入这里，过来闲逛的。后来，它就看到了那只猫，就立刻弓起身体，一声狂吠，向着那只猫扑了过去。

那只猫儿也弓起了身体，甩了一下尾巴，一下子消失了。

不过，它好像真的消失不见了，那只狗也没有去追它，而是安静地蹲在那里，听着布朗神父的布道。劳拉正在想那只猫去哪里了，她就发现什么东西在她的裙子下面摇晃，她低头一看，原来那只猫藏在了她的裙子下面，露出了一截尾巴。

那只猫肯定以为这里很安全，并且还想往上面爬，劳拉强忍笑意，继续正襟而坐。然后，那只狗也跟来了，它走到她的身边，到处搜查，想找出那只逃跑的猫儿。劳拉一想到这只狗寻找到那只猫的情景，就不由得想哈哈大笑，但是她必须憋住笑意，所以，她的身体也不由自主地颤抖起来。

她感到自己的肋骨快要被这股笑意给弄断了，她的腮帮子也鼓到了极限，喉咙更是又干又痒。玛丽并不知道劳拉为什么这样兴奋，但是她依然感觉到劳拉在笑，于是，她一本正经地推了推劳拉的胳膊："你规矩一些。"

没想到，劳拉抖得更厉害了，她想自己的脸肯定变成了紫色。

她的裙子随着猫的动作不停地左右摇摆，然后，猫儿从粉色的裙边里探出小小的头，查看狗在哪里。当它发现狗已经走了时，就立刻冲了出来，飞快地穿过走廊，跑向了大门。劳拉竖起耳朵，她确定自己没有听到猫的叫声，她知道猫儿成功地躲过了那条狗。

回家的路上，玛丽责备道："劳拉，你真是令人惊讶，难道你不懂得好好控制自己吗？"

劳拉却哈哈大笑，直到眼泪都笑出来了，玛丽还是不明白她为什么这样兴奋，爸也在一旁不解地看着劳拉。

劳拉一边擦眼泪，一边说："玛丽，你明白的，我永远不会规规矩矩的，我就是这样的人，你不要对我抱有希望了。"然后，她生动地给爸和玛丽讲述了刚刚发生的事情，玛丽也不禁微笑起来。

周日的正餐时间过去了，周日的下午也过去了，一家人一直在聊天，夕阳西下的时候，玛丽和劳拉一起走向了山顶，去看了日落。

"我跟你一起长大，跟你待在一起的时候，眼睛似乎

更好使一些，当我再次回来的时候，你大概已经不在这里了。"玛丽伤感地说道。

"是的，因为我们都长大了，但是，到那个时候你可以去看我，那时你就会拥有两个家了。"劳拉宽慰玛丽。

"这样美丽的落日，"还没等玛丽说完，劳拉就插了一句，"在阿曼乐家的农场那边，也有这样美丽的落日，那里虽然没有连绵的山脉，却有绵延不绝的树林，我们去那里散步吧，那里还有你喜欢的杨树、柳树、枫叶林，那一定是一片漂亮的树林，而不是家里的那种无趣的防风林。"

玛丽却说："看到草地变成了树林，我会觉得不习惯。"

"可是这个世界在不停地变化，对吗？"

说到这里，她们沉默了一会，玛丽说："我希望可以参加你的婚礼，你能不能把婚礼推迟到明年的六月份呢？那个时候我才有时间来。"

劳拉不假思索地说："玛丽，我都十八岁了，在学校里教了三个学期了，比咱们的妈还多教了一个学期，我不想再教书了。我想这个冬天就结婚。"

劳拉继续说道："而且，结婚不过是一个仪式，爸没有钱来举办婚礼，我也不想你们为我操心，等明年夏天的时候，我在新家等待你来。"

玛丽却说："劳拉，关于那个风琴，我真的过意不去，

快乐的金色年代
These Happy Golden Years

我很想去布兰奇的家看看,其实并不算太远,还可以为爸省一些钱,我从未想过家里会发生变化,我一直以为家就是家,只要我想回来,就可以回来。"

劳拉说:"玛丽,家永远在等待你回来,不要再去想风琴的事情了,只要你可以牢牢记住布兰奇家中快乐的时光就好了,我很高兴你的选择,妈也赞同你去。"

"你们真的这样想吗?"玛丽的脸上满是光彩,然后,劳拉告诉玛丽,妈当时曾经说,她非常高兴玛丽能趁年轻的时候多出去玩玩,留下一些美好的记忆。

这个时候,太阳下山了,深红色、金色的光芒逐渐散去,只剩下玫瑰色以及灰色的层层余晖。

玛丽说:"我们回去吧,我怕一会儿会下雨。"她们手牵手,向着西方走去,顺着斜坡慢慢地走向了家里。

"时间真是太快了,你还记得吗,那个冬天,我们以为夏天不会来了,可是,夏天还是如期而至,冬天又成了很遥远的事情,我们几乎记不起来冬天发生了什么事情。"

"真是这样的,我们小时候的美好时光,我真的很想念,"劳拉感慨道,"也许以后的生活会更美好呢!"

筹备婚礼

玛丽的离开，让家里显得空了很多。第二天早上，妈对劳拉说："劳拉，我们开始做你的礼服吧，忙碌起来就会觉得充实了。"于是劳拉去买了些布料，妈来剪裁，原本空旷的客厅响起了缝纫机忙碌的嗡嗡声。

"我有个想法，做床单的时候，如果我们把两块布的边缘叠起来，用机器缝好，会比用手缝中间那条接缝更好，床单会更加平整。"劳拉说道。

"那就试试吧，虽然咱们的老祖母们听了可能在坟墓里睡不安稳，不过现在时代不同了。"妈说道。床上用品很快做好了，然后劳拉拿出她用白线织的花边，缝在了枕头套的开口处，还有长袖睡衣的袖口和衣领，还有内衣的袖口、领口和裤管口。

她们一边做着床上用品，一边商量着劳拉的衣服。

"我那条棕色的毛料裙子还没穿过，粉红色的裙子也是新的，我还需要做衣服吗？"劳拉问道。

"每个女人都应该有一条黑色裙子，咱们周六去镇上买料子吧，羊绒的料子最好了，除了夏天都可以穿。做好黑裙子，你还要买些婚礼上用的东西呢。"妈回答道。

"可是，时间还早着呢。"劳拉说。

在忙碌的夏天，阿曼乐根本没有时间去修葺房子。一个周日，他带着妈和劳拉去看了看房子的框架。这栋房子在一片小树苗后面，离路边不远。房子有三个房间，起居室、卧室和储藏室，后门还有一间斜顶的小屋。那次之后，劳拉就再没去看过房子，阿曼乐总说："放心吧，我下雪前一定会盖好房子的。"但是每个周末，他们都会驾车去双子湖或者更远的地方玩耍。

周一的早上，妈展开布料，沿着报纸做的模板剪开，然后制作出裙边、腰身和袖子。午餐之后，妈就开始在缝纫机前忙碌起来。

缝纫机一直嗡嗡作响，劳拉从针线活中抬起头，看到

阿曼乐驾着马车朝这边驶过来。一定是发生了什么事情，否则他不会周二前来的，劳拉想着，匆忙走到门口。阿曼乐急匆匆地说，"快跟我出去下，我有话对你说。"劳拉戴上帽子，就跟他出门了。

"出什么事了？"劳拉问。

"你想要一个盛大的婚礼吗？"阿曼乐反问道。

劳拉吃惊地看着他："你怎么这么问啊？"

"如果你不喜欢，咱们只能这周末或下周结婚。去年冬天我回去的时候，我姐姐就自作主张地想为我们举办盛大的婚礼了，我告诉她那不是我们想要的，可是今天早上我收到一封信，她和妈正在赶来，坚持举行盛大的婚礼。"

"噢，不！"劳拉脱口而出。

"你知道我的姐姐，她比较专横，而我的妈跟你的妈很像，你应该会喜欢她。我的姐姐告诉她，咱们要举行盛大婚礼，我不知道怎么跟她解释，我也付不起婚礼的开销，你怎么想的？"

劳拉沉思了下，平静地说："我爸也没能力为我举办那样的婚礼，可是我还需要些时间，我的结婚礼服都没准备好。"

"你现在穿的就很好看啊。"阿曼乐说道。

劳拉笑了笑说："这怎么可以，这只是一条棉布的工作裙！不过我妈正在做一条我可以在婚礼上穿的裙子。"

快乐的金色年代
These Happy Golden Years

"那么,咱们可以这个周末结婚吗?"

劳拉沉默了下,然后鼓足勇气说:"阿曼乐,你希望我完全服从你吗?"

阿曼乐非常严肃地回答:"当然不是,我知道婚礼上女方要说'完全服从',但没有女人真会这么做,而且任何一个真正的绅士,也不会要求自己的妻子这么做的。"

"那么,在婚礼上,我不会说'我将服从于你'。"劳拉说道。

阿曼乐吃惊地问:"你这么做,你也是女权主义者吗?"

"不是,我只是不想说我做不到的承诺。无论我怎么努力,我也不觉得我可以百分之百地去服从一个人。"

"我也不希望你这样做,婚礼不会有麻烦的,因为连布朗神父自己也不喜欢'服从'这个词语。"

"你确定吗?"劳拉吃惊地问,但是她的心里感到从未有过的轻松。

"是的,听说,他曾因为这个话题争论过几个小时。你知道,他是堪萨斯州约翰·布朗的亲戚,两个人个性很像。这样的话,咱们能在这周末或者下周初结婚吗?"

"好吧,为了逃避盛大的婚礼,一切还是听从你的安排吧。"

"如果这周末我可以把房子盖完,那就这周末,如果

295

不能，那就下周。等房子弄完，咱们就悄悄结婚吧。我现在送你回去，然后我去修葺房子。"

回家之后，劳拉纠结了一下要不要告诉家人，她预感妈会说："匆忙的婚姻，容易后悔。"虽然他们在一起三年了，并不是真正的匆忙。直到晚餐的时候，劳拉才鼓起勇气说出来。

"你的礼服可能来不及做好啊。"妈说道。

"我们可以穿黑色那件。"劳拉回答。

"我不想你穿着黑色结婚，人们都说会倒霉的。"妈说道。

"我会戴上我的绿色帽子，穿上蓝色的衬衫，然后借用你的金胸针，这样，我就集齐了新的东西、旧的东西，还有借来的东西，金色、绿色、蓝色都有，很吉利的。"劳拉说道。

"那好吧。"妈勉强赞同了，爸说："我觉得没什么不妥，我尊重你和阿曼乐的决定。"妈说："把布朗神父叫过来，可以在家举行婚礼，会非常温馨的。

"不，妈，我们必须等到阿曼乐的妈到了才行。"劳拉说道。

"劳拉是对的，咱们也应该想到这点。"爸说道。

"当然啦，我也这样认为。"妈说。

匆忙的婚礼

卡莉和格蕾丝主动包揽了所有家务,留时间给妈和劳拉赶制礼服。整整一周,她们都在匆忙赶工。

裙子的紧身上衣前后是尖角形的,衬着黑色细棉布,接缝里缝着鲸鱼骨。上衣是高领长袖的,肩部蓬松,手腕处收紧,裙摆刚好触地,用亚麻布做的里子,裙摆有很多褶皱。裙底边缘折了进去,外面看不到针脚。

那个周日,劳拉和阿曼乐没有出去玩。阿曼乐穿着工作服过来待了一会儿,为了盖房子他不得不违反了安息日

的规定。他说房子周三可以完工,所以他们可以周四结婚。周四上午十点他会过来接劳拉,赶在布朗神父来小镇前。

"如果可以,周三驾着你的马车,来把劳拉的行李带过去吧。"爸说。阿曼乐说他会的,然后匆匆离去了。

周二上午,爸去镇上带回来一个行李箱,对劳拉说:"这是送给你的礼物,收拾下东西吧。"在爸的帮助下,劳拉下午就把行李收拾好了。衣服、床单和毛巾都叠得整整齐齐,那条粉色裙子放在了行李箱的最上面,防止被压皱。

卡莉从古董架上拿下劳拉的玻璃盒子,递给劳拉说:"你应该需要它。"

劳拉拿着玻璃盒子自言自语道:"我不想把玻璃盒子和玛丽的分开。"

卡莉说:"看,我把我的盒子放在玛丽的盒子旁边了,它不会孤单的。"劳拉这才把玻璃盒子放进行李箱中。

行李收拾完后,妈铺上了一层旧床单,拿出劳拉小时候的被子和两个枕头,对劳拉说:"你会需要它们的。这两个枕头,是用你爸在银湖抓到的鹅的羽毛做的,还有这些红白条纹的桌布,会让你的新家看上去更温馨。"然后妈用旧床单把东西包好,说了一句,"这样就不会弄脏了。"

快乐的金色年代
These Happy Golden Years

第二天早上,阿曼乐来了,和爸一起把行李装进车里。爸说:"等我一下。"然后走进屋子,过了一会,他牵着劳拉最喜欢的小牛出来,把小牛系在马车后面,将缰绳递给劳拉。

劳拉哭了出来:"噢,爸,我真可以带它走么?"

爸说:"当然了,你一直很用心地喂养它们,带一只走是应该的。"

劳拉感动得泣不成声。

"把牛拴在马车后面安全吗?"妈问道。

阿曼乐保证会安全的,并感谢爸送的礼物。然后他转向劳拉,说道:"明天十点,我会来接你。"

"我会准备好的。"劳拉保证道。看着阿曼乐离去的背影,劳拉还是不能相信,自己明天就要离开家了,而这次离开,不是出去玩晚饭前回家,是不会再回来了。

那天下午,她们做完了黑色礼服。妈准备做一个白色蛋糕,劳拉帮着打鸡蛋,妈说到打到蛋白发硬为止。

劳拉揉着酸痛的右臂说:"我的手臂比蛋白都硬了。"

"这个蛋糕一定要做好,没有一个像样的婚礼,至少要有个像样的午餐和结婚蛋糕吧。"妈说道。

晚餐过后,劳拉把小提琴递给爸,请他演奏一曲。爸很久不拉了,所以先调了调音,然后清了清嗓子问:"想听

什么呢，劳拉？"

"先为玛丽弹奏一曲吧，然后我想听一些老歌。"

劳拉就坐在门前，妈和爸坐在屋里。她一边听着小提琴，一边望着夕阳下无边无际的草原。太阳慢慢下山，天空出现了第一颗星，卡莉和格蕾丝走过来，靠在妈身旁。

小提琴的声音传得很远很远，爸用充满磁性的声音唱道：

> 幸福的日子渐渐走远，
> 前方大雾弥漫，
> 美丽的玫瑰开始绽放，
> 我们用爱唱出心底的歌，
> 就在黄昏里唱歌吧，
> 尽管内心疲惫，可是真爱依旧，
> 我们唱着甜美的老歌，
> 即便内心困苦不堪，
> 即便脚步蹒跚不前，
> 我们仍然听得见，
> 真爱就在不远处，
> 昏暗的日子终会远去，
> 我们会在甜美的歌声中重遇幸福。

格雷小屋

当阿曼乐到来的时候，劳拉已经准备好了。一身黑色的裙子，戴了一顶绿色的帽子，帽子的衬里是蓝色的，左耳下边打了一个蓝色绸缎的蝴蝶结。黑色的鞋子在裙子下边若隐若现。

妈把自己那个装饰着草莓图案的方形胸针别在了劳拉的衣领上。

"这样，"妈说，"即使是一件黑色的衣服，看起来也十分耀眼。"

卡莉带来一条镶着蕾丝边的白手帕，跟劳拉白色蕾丝的衣领正好相搭配。她说："这是我亲手为你做的。你戴上它，搭配你的黑色裙子很好看。"

格蕾丝站在旁边欣赏着，阿曼乐到了，他们一起看着阿曼乐和劳拉离去。

劳拉说："布朗神父知道我们要去吗？"

"我过来的时候遇见他了，他说不会用'服从'这样的字眼的。"

布朗夫人开门请他们到屋里坐，然后说去叫布朗神父，接着就走进卧室，把门关上了。

劳拉和阿曼乐坐在客厅等着。客厅中间，有块手织的布地毯，上面放着一张用大理石做的桌子。墙上的巨幅画上画着一个女人，正紧紧地握住竖在岩石上的十字架，四周波浪滔天，头顶电闪雷鸣。

另外一间卧室的门打开了，艾达轻轻地走来，坐在了门旁边的椅子上。她向劳拉怯怯地笑了一下，然后低下头一直把弄手帕。

一个高大并瘦弱的人从厨房里出来，坐在了另外一把椅子上。劳拉想："这个人应该就是埃尔默了。"这时，布朗神父从卧室里走了出来。

他整理了一下衣领，然后让劳拉和阿曼乐站到他的面前。

就这样，两个人从此结为夫妻。

两个人分别和布朗夫妇与埃尔默握手。阿曼乐偷偷塞给布朗神父一张叠好的纸币。布朗神父打开一看，看到阿曼乐竟然给了十美元，感到有些吃惊。艾达用力握了握劳拉的手，欲言又止，然后轻轻吻了一下劳拉，并递给她一个小包裹，随即转身跑出去了。

劳拉和阿曼乐从布朗神父家中出来，又感受到了外面的阳光和微风。阿曼乐小心翼翼地把劳拉扶上了马车，然后解下缰绳，一路朝着劳拉爸妈家的方向驶去。当他们到家的时候，午餐已经准备好了。白色的桌布上面，妈拿出了家里最好的餐具。银色的勺子在桌子上闪闪发光，刀叉也擦得干干净净。

劳拉站在门口，显得有些害羞。卡莉问道："你手里拿着什么？"

劳拉低头看了看，自己手里拿着卡莉的白手帕和艾达给的小包裹。然后说："我不知道，这个是艾达送给我的。"

劳拉拆开包裹，里面装着一块十分漂亮的花朵图案的带蕾丝花边的三角披巾。

"劳拉，这会陪伴你一生的。"妈说。劳拉心里

懂得妈说的意思。她也会永远保存艾达送给自己的礼物。

阿曼乐拴好马回来之后，全家人便开始享用午餐。

今天的午餐是妈做的最丰盛的一次，可是劳拉感觉什么食物都吃不出味道，就连结婚蛋糕也味同在嚼蜡，所有的一切，只因为劳拉终于认识到，她要永远地离开这个家了。所有人都吃得很慢，大家心里都很清楚，午餐结束的时候，就意味着分别的时刻。最后，还是阿曼乐说道，他们该回家了。

劳拉戴好帽子之后走向马车。全家人都走出来，分别和劳拉道别，最后，爸拉住了她的手。

然后转头看向阿曼乐，说："年轻人，从今天开始，要由你来扶她了；不过这一次，还是让我来吧。"说完，爸扶劳拉上了马车。

妈拿出一个盖着白色布单的篮子。"这里面的东西你们可以用来做晚饭。"妈颤抖着双唇说，"经常回家看看我们，劳拉。"

格蕾丝拿了一顶劳拉的旧帽子跑来。喊道："你忘了这个！"劳拉接过帽子。阿曼乐认真地检查好马车，准备出发，格蕾丝又一次喊道："劳拉，不要忘了，妈说你如果不戴遮阳帽的话，会晒得像印第安人一样黑！"

快乐的金色年代
These Happy Golden Years

　　大家被逗得哈哈大笑。劳拉和阿曼乐启程了。

　　两个人驾车行驶在这条熟悉的道路上，看着如此熟悉的建筑和景色，最后来到了阿曼乐建造的新家。

　　一路上，他们都保持沉默。劳拉忽然注意到两匹马的时候，她喊道："怎么是王子和淑女？"

　　"我们两个开始相恋的时候就是因为它们，我想它们会很愿意带我们回家的。哦，我们到家了。"

　　车轮在阿曼乐的小院子里画了一个美妙的半圆，眼前出现的就是新家。新房子的外表被刷成浅灰色，已经基本完工了。房子正面的两扇窗户中间是前门，让整个房子看上去像是一张笑脸。门前趴着一只超大的棕色牧羊犬，马车停下来的时候，他向新主人劳拉礼貌地摇了摇尾巴。

　　"你好，希普！"阿曼乐说道。他扶着劳拉从马车上下来，上前打开门，并对劳拉说："你先进去吧，我去把马拴好。"

　　劳拉走进了新房，静静地观察房间。这是一间很大的房子，墙壁粉刷的是乳白色。墙角尽头有一张桌面可以伸缩的桌子，上面铺的是妈给的红色桌布。桌子两边分别放了一把椅子，桌子的旁边是另外一扇门。

　　左手边的墙壁中间，有一扇很大的窗户，正好可以迎着南边的阳光。窗下摆着两把摇椅，中间是一张小圆桌，桌上放着一盏吊灯。他们两个可以在晚上的时候坐在这

里，舒服地看看报纸，或者是做一些针线活。

另一侧宽阔的墙壁上有两扇关着的门，劳拉打开了身边的一扇门，这间是他们的卧室，有明亮的窗户和一张很大的床，自己的鹅毛枕头正安静地躺在床上。床尾的木架比劳拉还要高，上面挂着的一幅花布帘一直垂到地上，这是一个上好的衣橱。窗户下放着的是劳拉的行李箱。

劳拉脱下衣帽，然后打开行李箱，开始收拾东西。她拿出一件印花布衣服和一件裙子，然后脱下黑色裙子，小心地挂在布帘后的衣橱里，然后穿上蓝色的印花裙子，搭配一件荷叶的粉红色围裙。当她走出房间时，阿曼乐正好进来。

"看来你已经准备好了，"他高兴地说道。然后把妈给的篮子放到椅子上，"我也应该去准备一些东西了。"他在卧室门前转过身对劳拉说："你妈叫我把包裹打开，把床单铺上。"

劳拉站在门边向外面看去，斜顶小屋就在那儿。阿曼乐单身时做饭的炉子也架在哪里，墙上还挂着水壶和煎炒锅。墙上有扇窗户，还有一个能通到马厩的后门，马厩在一排小树的后面。

劳拉回到前屋，拿着妈给的篮子，走向了最后一个房间。她知道那个房间一定是粮食储藏室。打开门之后，她

快乐的金色年代
These Happy Golden Years

大吃一惊,因为里面已经收拾好了,所有的东西都整齐有序,在最里面的窗户下还有一个很大的木板架。

她把妈给的篮子放到了木板架旁边,并打开。里边放的是面包、黄油,还有一块剩下的结婚蛋糕。劳拉把这些都拿出来放在了木架上,然后仔细地欣赏起储藏室。

储藏室的一整面墙上全都是架子。最上面的一层是空的,最下面放着杯子和餐具。在架子底下,还有不同大小的抽屉。在一些调味料下面,还有两个很窄的抽屉。分别放的是红糖和白糖。在这两个抽屉旁边,还有几个装面粉的抽屉。劳拉可以在窗前的宽木板上制作各种面糊,不必费更多的事。窗外是湛蓝的天空和绿油油的树林。

还有一个抽屉放满了不同的毛巾,旁边放了桌布和餐巾,还有专门放刀叉和餐具的抽屉。

在这些抽屉下面,还有很大的空间,放着一个高高的石头做的搅奶缸和搅奶棒。剩下的空间可以留着放更多的东西。

最底下的抽屉里放了一小块面包和半个派。劳拉把妈给的面包和结婚蛋糕放了进去。然后,她切了一小块黄油放在小盘子中,放在面包边上。

储藏室的地板上有一个铁环,劳拉知道那是一道暗门。她提起铁环,向上一拉,暗门被打开,靠在了木架对

面的墙上。暗门下面有直通地下室的梯子。

劳拉轻轻地盖好黄油,端着它沿着梯子下到了冰冷漆黑的地下室里,把它放在从天花板上垂下来的吊架上。她听见头上有脚步上,同时听到了阿曼乐在叫她。

"我以为你会在这么大的房子里迷路呢。"阿曼乐说道。

"我想把黄油放到地下室,这样它就不会融化了。"劳拉回答道。

"这个储藏室你喜欢吗?"

劳拉想象阿曼乐一定是用了很多时间,才把这些架子和抽屉一点点布置好,然后开心地回答道:"当然,我太喜欢啦。"

"那现在我们去看看淑女生下的小马驹吧。我想让你看看我为小牛盖的牛舍。此时它还在外面吃草呢,不过吃不到我们的小树苗。"阿曼乐带着劳拉走出了房间。

劳拉看到的是一个长长的牲口棚和院子。阿曼乐指给她看那堆新鲜的干草。冬天来临时,这些干草可以遮挡风雪。劳拉轻轻地拍了拍小马驹和几匹大马。然后他们走进了小树林,观赏着那些小黄杨树、柳树和白杨树。

下午的时间过得总是很快,到了做家务和晚饭的时候了。

快乐的金色年代
These Happy Golden Years

"不要生火了，"阿曼乐说，"把妈给我们的面包和黄油拿出来吧，我再去弄些牛奶。今晚我们就吃牛奶和面包吧。""还有蛋糕。"劳拉补充着。

两人享用过晚餐之后，就坐在门口，等着夜晚的来临。他们听到了王子的叫声，知道它睡在了舒服的干草上。小牛高大又模糊的身影也趴在地上消化食物。希普躺在他们的脚下，已经把劳拉当成了新的主人。

劳拉的幸福感油然而生。她感觉自己已经不再想念从前那个家了。自己和阿曼乐已经拥有了自己的家，并且可以随时回去看他们。

所有的一切都属于他们两个人，自己的马，自己的牛，自己的院子……

夕阳的最后一道残霞已经褪去，月亮和星星早已高高地挂上天空。银色的光芒充满了草原，微风吹过大地，似乎一切都进入了睡眠状态。

"多么美好的夜晚啊。"阿曼乐感叹道。

"这是一个美好的世界。"劳拉回答。她似乎听到了爸的小提琴声和那首老歌：

> 美妙的金色年代过去了，
>
> 这些美妙的，金色的年代。